那一场
繁华如锦的相遇

潘丽萍 著

中国出版集团
现代出版社

图书在版编目（CIP）数据

那一场繁华如锦的相遇/潘丽萍著. -- 北京 ： 现代出版社,2017.7
ISBN 978-7-5143-6301-2

Ⅰ．①那… Ⅱ．①潘… Ⅲ．①散文集－中国－当代
Ⅳ．①I267

中国版本图书馆CIP 数据核字(2017) 第174602 号

那一场繁华如锦的相遇

作　　者	潘丽萍
责任编辑	李　鹏
出版发行	现代出版社
地　　址	北京市安定门外安华里504号
邮政编码	100011
电　　话	010-64267325 010-64245264（兼传真）
网　　址	www.1980xd.com
电子邮箱	xiandai@vip.sina.com
印　　刷	成都兴雅致印务有限责任公司
开　　本	710×1000　1/16
印　　张	17
字　　数	208千
版　　次	2017年7月第1版　2020年6月第2次印刷
书　　号	ISBN 978-7-5143-6301-2
定　　价	49.80元

所有的相遇都是久别重逢

（代序）

（一）

我在李白梦游过的天姥山望见故乡。那一个叫儒岙的小镇笼罩在日暮的黄昏，一群燕子飞来飞去，然后歇在一根电线上，排列整齐，像等待检阅的士兵。不远处，一只燕子扇着翅膀无声掠过，穿过屋檐飞进我的家里。

我家的橡梁上筑着一个燕窝，几只雏燕嗷嗷待哺，飞进来的燕子站在窝边，喂雏燕吃虫子。

我站在一边发呆。心想为什么是这只燕子住在我家？它有名字么？如果它飞出家门，我一定认不出来。在我眼里，所有的燕子都是一模一样。

这燕子在我家住了很久，母亲把一个笠帽倒挂在燕窝下，那样燕屎就不会随时落在我们头上了。

母亲说，燕子选择了我家，我们就不能赶它走。在一个屋檐下相处，本来就是一种缘分。

这是我儿时的记忆。时光像流水一样，不知不觉间淹没了我的童年，我的青年，我的中年。来时的路满目苍凉，老母已有80多岁了。

母亲依然康健，记性非常之好，说话中气很足。我为母亲欣慰。闲下来的时候，我喜欢与母亲唠唠家常，说些漫无边际的往事，我童年的许多趣事都根深蒂固地烙印在母亲脑海里，在母亲的碎碎念中闪着光亮；那些年少的掉了魂的旧时光，在有月亮的晚上——活了过来。

母亲生了四个子女，我是她唯一亲手养大的孩子。我相信我与母亲之间有一种永恒的亲情，那是前世今生注定的缘分。

就像三生石，原以为是一个美丽的爱情故事，其实还系着另一段前缘因果。富家子弟李源，因父亲在变乱中死去，体悟到人世无常，故将所有家产捐给寺庙，在庙里修行。他与主持圆泽禅师心性相投，在一起聚会谈经，两人相约同游四川青城山和峨眉山。李源想走水路，圆泽则想走陆路，后来圆泽依了李源，走水路去四川。

舟行南浦，看到一个妇女在河边取水，圆泽感伤地落下眼泪，叹息道：不愿走水路，是怕遇见她。因为此妇怀孕三年还生不下来，而圆泽注定是要投胎做她的孩子。黄昏之时，圆泽便死去，临死前让李源三天后去妇人家，他将以一笑为证。十三年后的中秋夜，让李源去杭州的天竺寺外，他们一定会见面。

三天后，婴孩见到李源果真微笑。十三年后，李源去杭州天竺寺赴约，在寺外听到葛洪川畔传来牧童拍着牛角的歌声：

三生石上旧精魂，赏月吟风不用论。

惭愧故人远相访，此身虽异性常存。

这位牧童就是前世的圆泽，梦中的旧人，转世之后得以重逢。

我为这段隔世重逢感动。三生石是安排有缘人相遇的地方，若彼此有缘，来生终会相逢，等待的人，一定会在某个地点某个时间出现。

其实，每个人都拥有自己的三生石，只不过是迷失了自己的旧精魂，无法明白。记得《红楼梦》中宝黛初见的场景，两人互相凝望，总觉得在哪里见过一般。"看着面善，心里就算是旧相识了，今日只作远别重逢。"原来，黛玉的前生是三生石边的一株绛珠仙草，宝玉则是赤霞宫神瑛侍者，他每天用甘露灌溉，才使绛珠仙草得以久延岁月。

两人隔世重逢，前世的印记还依稀记得，所谓的"三生石上旧精魂"吧。因而两人相见便觉似曾相识。

（二）

仿佛是一个万物生长的清晨，我从被窝里伸出自己的双手，像土地上突然冒起的春笋一样。我简直要为这双手所倾倒。我从未发现过那么富有美感的手，是我身体的一部分。这时，阳光从玻璃纱做的窗帘撒进来，一切恰到好处。

仿佛从那一刻起，我告别了懵懂少年，我那双手，将要为我今后的生活负责。

日子过得凌乱又美好。十八岁，我在一家企业的车间里做轧丸工，右手抓起一把筛得很整齐的胶囊，一颗颗装进模子，被飞快转动的轧车切割下，成品落在盘里，左手捋下一把废料。我把这种枯燥的活干得有滋有味，那双手前后左右舞动，仿佛弹琴一般，胭脂红的明黄的绿色的胶囊脱落在白色瓷盘里，叮咚作响，犹如大珠小珠落玉盘。

两年后，我坐在企业办公室抄抄写写，做一些与文字有关的工作，心思随之灿烂起来。我养成了记日记的习惯，我喜欢在工作之余辛勤爬格子，这些从心里流淌出来的文字成为我的诗歌散文，成为我的新闻报道。当我家门口的广播响亮地播出我名字的时候，我真是满心喜悦一脸幸福相。

谁的青春不迷惘？我承认我很八卦，抽牌算命的游戏也玩过。一次街鸟门抽了一张纸牌，纸牌上一个女子在缝纫机上干活。那个提着鸟笼叼着香烟的老男人解释说：你以后的路，要靠自己的双手双脚踏实地去走。倒并不是说你要干缝纫这一行，而是所从事的职业比较辛劳。

其实我在别处抽到过寓意很好的牌，但我独独记住了这一张。我不知道自己码字谋生的工作，是不是就是他说的这样。

尽管这张牌很现实，但我还是充满幻想，喜欢做一些白日梦。比如突然百万彩票中奖，比如突然金榜题名，比如突然遇见白马王子……当然这只是一瞬间的闪念，不足为凭。

之前倒有一个很渴盼的念想，就是当图书管理员或是杂志社编辑，这不算做梦吧。

说实话，我是一个非常爱做梦的人，简直分不清梦里梦外。有时候我到达某个地方，分明是第一次来，却好似见过，这一川山水竟是如此熟悉，猛然想起曾经做过梦，或者说是梦里来过。有时候梦里见过的人，过几天忽然会在街上碰到，说的事情也与梦里做的一样。

所有的相遇都是久别重逢，人生总是很奇妙，梦境也会成为现实的翻版。

所以早期我取笔名晓梦，一来缘于李商隐的"庄生晓梦迷蝴蝶"，二来缘于此类机缘巧合。

> 白天没有实现的
> 我把它移植在梦里
> 而后真的长成了一片
> 美丽的风景

青葱岁月，我把一个个梦写成一首首诗。为了你啊，我的诗歌，我馨尽毕生心泪，开放成一朵夏荷。

年少轻狂，我把理想比作诗歌，在人生之路上边歌边行。曾经固执地向往一个美好的职业，但几次都擦肩而过。我是信因果的，若不是你的东西，任你信念弥坚，也只能隔岸相望。不过，这样的错过也是一种美丽，有遗憾才会有更多的珍惜。

终于有一天，我还是圆了我的梦，从通讯员成为一名记者，从业余作者成了一名作家。写字也可以养家糊口了，这简直是一件无比美妙的事。左手新闻，右手文学，别人看来费脑筋的活，我干得很快乐。

虽然过了做梦的年纪，但我还是愿意做温暖的事，写美好的文字。

我想我与文字也一定结过缘的。

（三）

2017 年 4 月，我带着江南湿润的风，穿过棉花一样洁白的云朵，落在一个叫黄果树的地方。从浙江到贵州，从起点到终点，看的无非是山水。

对于山水，我有着宿命般的眷念。尽管我的家乡依山傍水，有峻峭翠绿的山和清澈澄明的水，但抑制不住向往名山大川的冲动。20 多年前去黄山，在云海松涛般的仙境里，假装玉女临风许下誓言。这一生，要登高望远，访遍五大名山。可随着时光的流离，我把自己抛掷在荒芜的日子中，曾经的盟誓随风散去，已然无凭。

虽然未曾攀登高峰走访名山，却一直在行走，行走在明媚山水之间。大大小小的山峰，迂回曲折的流水是我生命历程中明亮的底色。我几乎每年都要远行，赶赴一场山水之约。

黄果树景区最著名的是瀑布，随处可见泉水喷涌，飞瀑倾泻，有水皆成瀑，是石总盘根，陡坡塘瀑布气势磅礴，好似银河之水天上来；有亚洲第一大瀑布之称的黄果树瀑布因为是枯水期，水流不大，少些"飞流直下三千尺，疑似银河落九天"之气魄。对了，这里有许多《西游记》取景地，比如水帘洞、流沙河、高老庄等，看到唐僧师徒的逼真造型和那些似曾相识的景观，忍不住心灵激荡，仿佛久别重逢。

去年在九寨沟，也曾见过这样的场景，那是一个叫珍珠滩瀑的景点，也是《西游记》片尾曲的拍摄地。看到席卷而下的瀑布，耳旁就回响起"敢问路在何方"的歌声，那唐僧师徒四人的影子顽强地占据我充满幻想的脑袋。

有人说，大同小异的山水看过一处就够了。而我却沉迷其中，乐此不疲，觉得这种恍如故的感觉异常奇妙，仿佛唤起我沉睡已久的记忆一般。

黄果树之行，有司马家的四姐妹，叫娟娟、牛牛、薇薇、丽丽，连

· 05 ·

名带姓叫起来脆生生的，像清泉一样。姐妹当然很像，看到这个姐姐仿佛觉得是那个妹妹，这一想便似回到《西游记》剧情里去了，觉得特别好玩。

两年前去桂林偶遇潘家两姐妹，她们是北方来的，听到导游叫我的名字，立马过来说：我们是本家，你是我妹妹呢。这位叫潘丽娟的女子年纪分明比我小，只是长得很北方，高我许多，她拉着我与她们两姐妹一起拍了照。我想我们三个人的名字排在一起，貌似一家三姐妹呢。

在半天的游程里，"潘家三姐妹"在美丽的桂林拍了几张合照，还彼此留了微信。她们一路向南，到了海南，潘丽娟还不停地与我微信语音。

之后各自打道回府，偶尔也微信聊。微信上，她隔三岔五在朋友圈刷屏，都是一些高档男款鞋，看得我眼花。原来我那潘家姐妹在北京开一家男鞋店。

有一天朋友圈满屏刷广告，想想烦透，我就把喜欢发广告的人删除，居然也把她删了，至今想起来还一直后悔。恐怕今生再也遇不到她了，世界很大也很小，小到我们一不小心就遇见，大到我们想念一个人，却不知她身在何处。

这世间万物，在冥冥之中或许自有安排。有的人注定擦肩而过，有的人注定一面之缘，有的人注定长相伴随。我与母亲，我与我的爱人、我的朋友，甚至是一面之交的人，是否因为那场前尘往事的约定？

《杂阿含经》云：有因有缘世间集，有因有缘集世间。其实，这世间的每一场相遇都是阔别已久的重逢。

潘丽萍

2017 年 4 月 21 日

目录

CONTENTS

SHENGHUO TIE

生活贴

生活贴

SHENGHUO TIE

辣妈只是过回瘾

　　不是人人想做辣妈，但每个女人心中，一定有个瑰丽的时装梦。

　　梦想穿上水晶鞋，便成了公主，便找到了王子的爱情。小时候我最大的梦想，是盼望有一条漂亮的花裙子。

　　活在五彩斑斓的当下，想穿什么都行，即使穿过分了还是行。电视剧《辣妈正传》绝对让女人们大跌眼镜，孙俪饰演的夏冰一时走红，大抵是因为她花枝招展的打扮，非主流的墨镜、爆米花般的头发、十几厘米的高跟鞋，还有色彩亮丽严重撞色的衣着，无不成了 2013 年的大热元素。

　　这辣妈，走的分明是日韩范儿，而邬君梅扮演的李木子，总是一身欧美大牌，时髦耀眼，有品位。两位辣妈的行头，风格迥异，时尚潮流，不过我还是喜欢李木子的风范。

眼热了吧，人家穿起来很美，可在你身上，未必。想想看，她们都是百分百的魔鬼身材，穿什么都好。淘宝网上的爆款为何特别漂亮，因为模特漂亮呗。

我很少在网上购衣，除非试穿过实体店的衣服，或是做好退货的准备，再或者，就是打水漂算了。

周末，约了几个闺密去逛街，到专卖店里淘宝，奢望总会找到一款经典属于自己。

常感叹，这满街满铺的衣服，怎么挑不来一件心仪的衣服？是否像等待一位爱人，在合适的时间、合适的地点相遇，才会让你穷尽一生的欢喜收囊入怀？

就这样遇到了。在一家品牌专卖店里，一件黑色的薄凉的长款穿在身上，简洁大气，朦胧诱惑，一致认为，这就是我找对了的衣服。曾经特别钟情的黑色，已经不喜欢很久了，也许是年长的缘故，有点惧怕黑色，倒是喜欢一些色彩丰富些的。这些年，一直游荡在亮丽风格间。

但恰好遇上，恍如回到了初恋，找到了那份感觉。闺密们力挺，斩钉截铁下最后通牒："你再不买，我给你刷卡了！"

晕！有人刷卡倒是好事，我却不能顺着杆子爬哦。其实，最经得起摧残、最经得起考验的黑色，从内心深处还是有些喜欢的，而且这款式十分经典。

"穿出自己的气质和风格，那就是时尚！"这句老掉牙的话，可能谁都会说，而做起来就不那么容易了。个性决定一个人的穿衣走向，就算你浑身上下都是当前最流行的潮流元素，如果不符合你的气质，也是白搭！

不信，你穿上夏冰的装束试试。那个现代辣妈之洋气，虎虎生威很拉风，但不是谁都能驾驭的。

辣妈总归是辣的，如配菜，过回瘾就好；按照自己的个性选择服饰，才是主流。

做凤尾可以飞上青天

"宁做鸡头，不做凤尾。"俗话说得好的不一定管用。不管鸡头怎么样引颈高歌，毕竟还是一只鸡；说起凤尾，眼前便金灿灿一片，哇塞！那凤凰飞翔的风姿多惹眼球啊。

小安衣锦还乡的时候，请全班同学吃了一顿，还邀请老师和几个要好同学外出旅游。那是一个秋天，桂花飘香，也飘来小安一句家乡土话，大意就是：跟着有本事的人干，拎包也值！

早年流行下海，小安辞掉安逸的工作，迫不及待地投身其中。开过酒店做过生意，在杭州、海南都有自己的房产。与众不同的是，他所买的房子一定选择高档住宅区，而且还要在小区开个高档会所。

会所不赚钱，是个交流平台。傍上名人或贵人，生意就源源不断地来。小安办事灵巧，颇有眼色，讨人喜欢。据说与一位省城高官成了莫逆，业余时间打打球、看看风景，大事小事没有他搞不定的。

似乎有慈禧身边"小安子"的风范。

小安子又怎么啦，做凤尾就可以飞上青天。

选择与谁为伍，的确很重要。在什么样的圈子里混，决定了你是什么样的人；你与谁在一起，决定着你的未来和人生。马云说，一根稻草丢在大街上是垃圾，绑在大白菜上可以卖白菜的价格，绑在大闸蟹上就是大闸蟹的价格。

一根稻草的命运，因绑在谁的身上而大为不同。

而凤尾，本来就是凤凰之躯，只是位置不同而已。少了这个舞动自如的尾巴，再怎么能耐，凤凰也飞不起来。

回头看看我们身边。

"为什么人人都想挤进重点大学？为什么重点大学的骄子比普通大学的学子更具就业优势？为什么单位招工偏偏看重名牌大学……"

做采访时曾经问过这样一些问题，得到的答案是：不仅仅是名牌大学毕业生的本身，更重要的是其背后还有一个强大的后援团。如果遇到什么难题，可以求助他的师长、他的同学。

金窝里飞出的凤凰，哪怕是凤尾，也是人家抢着要的。

最具人气的"中国好声音"唱红了一批草根歌手。这些埋没于民间的嗓子，从零开始，一轮轮海选，过五关斩六将，让导师为之转身。随着好声音的成功，各组学员均成为演出公司经纪代理的目标，纷纷与他（她）们签约。第一季人气歌手如李代沫、张玮、吉克隽逸、吴莫愁身价一路飙升，有的出场费高达30万元。

都说师出有名，那英、庾澄庆、张惠妹、江峰四大导师门下的冠军，在第二季"中国好声音"的舞台上，一歌封后，就直上青天。看吧，刚刚

拿到2013年度总冠军的李琦，更是"钱途无量"，一年的广告代言费已逼近300万元。

做凤尾，其实是一种幸运和挑战。在凤凰齐聚的地方，你的空间和天地才会更广阔。

如果有可能，请不要拒绝做凤尾的机会。

钱够用就行

看到这个标题，也许有人暗里发笑：凡夫俗
了，谁不爱钱？别装了，肯定是酸葡萄心理。

是的，葡萄是酸的，但我还是喜欢，像喜欢
钱一样。

有钱是多么美妙的事，可以游山玩水，可以
住高档别墅，可以买自己喜欢的任何东西，还可
以让小鬼推磨。钱，似乎成为一生最大的追求，
什么也不能阻挡人们对它的渴望，恨不得金钱如
滚滚长江水，源源不断地滚入自己的怀抱。

甚至做梦，梦想有朝一日天下掉馅饼，什么
彩票、股票、基金投资，统统大发，一夜暴富。

果真有人这样幸运了。两年前，新昌有一个
彩民中了 5.65 亿元巨奖，创造了我国彩票史上中
奖最高纪录。消息弱爆了神州大地！一时间人们
纷纷猜测：这中奖的主儿是谁？是谁那么幸运！

估计那个中奖人也会一下子蒙掉的，听说他的妻子曾想把这钱全部捐掉，怕钱太多了惹麻烦，以至出现在领奖台上的中奖者，戴上了憨厚可爱的国宝"熊猫"头套。真人不露相，直到现在，谁也不知道这个中奖人的任何信息。

钱太多了，确实招架不住。我承认胆小，这么多钱搁在我身上，也怕扛不住。

"钱太多，要亵渎上帝；没钱，会穷凶极恶。钱，够用就行。"聊起这个话题，一位同仁一语中的。

而问题又来了，到底多少钱恰好够用？有标准吗？显然没有。其实，"够用"很难量化，也是难以把握的一个概念，有的人每月千把元钱就够用了，而对有的人来说，还不够一瓶酒的钱；有的家庭单凭区区几百元的低保金维系着一日三餐，而有些人则一餐饭就可以花掉几万元，拥有万贯家财仍觉不够用。

关键在于生存环境和心理因素。

水能载舟，也能覆舟。钱这东西，是把双刃刀，可以满足我们物质生活的需求，保证我们衣食无忧；但爱钱爱得过头，就可能会带来祸害。

突然想起"厚德载物"这词儿。增厚美德，容载万物。金钱的积聚，也与人的品德一样，靠的是平时修炼，须必要有一定的能量才可以承载，给你金山银山，这不压死人的节奏么！"命里有时终须有，命里无时莫强求"，人这一辈子，冥冥之中早有安排。

天高行健，地厚载物。

当然，不能掠夺人们对金钱的美好向往，只有那些不"安分守己"、不"安身立命"的人存在，才会推动社会财富的积累和变革。然而，就个人而言，钱不能太爱。如果欲望太重，贪念太多，往往会导致一生的灾难。放眼看来，被金钱毁灭的人、毁灭的亲情还少吗？

几年前的央视春晚，人气最旺的节目是赵本山和小沈阳的小品《不差钱》。这个小品推出的几句台词随后成为人们茶余饭后的谈资，尤其那句"人最痛苦的事，是人死了钱没花完"成为新的流行语。从消费的角度看，这句经典台词告诫我们的是要量入为出，适度消费。

知足常乐，渴望简单，心态平淡，过着一茶一羹的生活。"酸葡萄"心理也好，阿Q式的"甜柠檬"心理也罢，又如何？只是不要太穷，贫穷毕竟是面目可憎的怪物，大家都怕，本人也怕。

说来说去，还是低调点：钱不在多，够用就行！

抱怨的人不会幸福

今天，你还在抱怨吗？

抱怨环境太差，抱怨人情太薄，抱怨工资太低，抱怨付出太多，甚至抱怨没有一个富爸爸……

过了今天，明天还在抱怨，天天继续一个话题，仿佛身边尽是麻烦事。瞧瞧，我工作那么辛苦，领导还批评我，同事也要指责我。我沾谁惹谁了啊，连保洁阿姨也要跟我过不去，这天下人都跟我作对。真活不下去了，死了算了！

当然不会去死，拿根绳索来你也不会上吊。你只是想发泄，想把心中的积怨化作激流，寻找一种"飞流直下"的快感。

抱怨完了，有用吗？世界是不是因你而改变？事情有没有往好的方向发展？还有，你感到了幸福吗？

答案是否定的。如果高频率地使用抱怨，并成为一种生活习惯，你自己不会幸福，连旁人的幸福指数也会受到影响，就像流感，一不小心就被传染了。

生活的压力谁都有，当然抱怨也会有。遇上一二好友，通过倾诉发泄心中的苦闷，未尝不是一种心灵的释放，解压的一个手段。如若围绕同一话题天天抱怨，祥林嫂似的重复千遍，再好听的话也难以入耳，何况垃圾一样的抱怨声。

如果经常这样数落，很容易让自己变成"怨妇"。以前的一个邻居，别人看来是非常幸福的，丈夫大小也是一个领导，女儿也很乖巧，自己在单位混到了中层，可她似乎有许多怨气，不是说老公不顾家，就是说单位里的人怎么与她过不去，说了一次，再说一次，故事大同小异，情节还是那样老套。

"我老公回家就赖在沙发上一动不动"、"孩子成绩下降了，他也不关心一下"、"我要上班，又要顾家，而且办公室里那个大姐老是背后说我坏话，气死我了！"

做个耐心的听众也是有极限的。"你不抱怨可以吗？可以找找自己的不足，也可以想想人家的优点。"

千万不要让抱怨成为习惯。少抱怨，就是减少增加"怨妇"的概率；喜欢抱怨的人，不但自己不快乐，也经常给周围人带来烦恼和压力。谁都不希望身边有个不停抱怨的人，这样，只会让你不断地失去朋友。

有个理论叫吸引定律，指当一个人的思想专注在某一领域的时候，跟这个领域相关的人、事、物就会被他吸引而来。换句话说，当一个人在诉说负面和不快乐的事，就会接收到负面和不快乐的事；当一个人在抱怨天下没有好男人时，即使遇上了好男人，缘分也会擦肩而过。

而且，抱怨的人一定不好看。俗话说，相由心生，你心里不愉快，满

腹牢骚，愁眉苦脸，时间久了，就容易长成一个苦瓜脸。不是危言耸听，信不信由你。

现实世界，八卦满天飞，麻烦处处有，我们需要一个"不抱怨的世界"。作为一个平凡人，无力改变环境，也战胜不了天，只能从小我出发，调整自己的心态，寻求一丝慰藉。再退一步，不妨学学阿Q，他算得上善于改变心态的祖师爷了，能随时找到内心平衡的支点。

少些抱怨，多说一些感恩的事，会引来更多的喜乐。

很傻很天真

天真这词儿，轻易听不得；加上一个傻字，有一种被逼到墙角、脱离红尘之感。

年少时说你傻丫头，是无邪童真，纯洁美好。中年时说你天真，是变相说你幼稚，不够成熟，与社会格格不入。

于是有人玩深沉。当然也不必玩，一颗心落在红尘，早被沧桑了。就像风干的老鱼片又硬又韧，失去了原来的鲜味和柔软。

五年前，当一句"很傻很天真"的语词从阿娇口中吐出来时，一度惹爆了网络，成为年度金句。

再度翻出阿娇的经典"语录"，并非有意揭她的伤疤。阿娇（本名钟欣桐）是"艳照门"的受害者之一。虽然英皇公司当初对她进行包装时，也是奔着"单纯天真"的偶像设计的。因为粉丝是比较低龄的青少年，她的形象也必须是正面积极的，而且不许有任何绯闻，甚至连接吻戏都得

靠边站。

"艳照门"事件，严重撕毁了阿娇的"玉女"形象。她是第一个站出来公开表态的女星，不管是匆忙拉上阵还是其他什么原因，最让人记住的是"很傻很天真"那句经典。

从另一个角度来看，阿娇果然天真无邪，不单单是那段经历，而是经历过"艳照门"洗礼之后，她依旧"很傻很天真"。复出后接受一次采访，她沉浸在伤心往事中，狂飙眼泪，将一切责任交给"艳照门"主角陈冠希，言谈之中又说曾经爱过他。真心爱过还落井下石？虽说哭得百花凋零的模样，但还是遭来网友的非议。

阿娇的天真相，不是装的。在娱乐圈里混，没有"三头六臂"注定一个"难"字，阿娇外表清纯，但是话少，性格有些木讷，并不那么适合这个圈儿。说穿了，到底是阿娇不够强大，天生就"很傻很天真"。如果她不进娱乐圈，就不会被推到"风口浪尖"；做一个单纯普通的女孩，因为爱情简单的生长，或许一切都是"幸福的模样"。

事实上要保持天真也是难的。天真的潜台词是娇憨简单，最能牵动人最细微的那根神经，比如《红楼梦》里的史湘云，醉卧芍药丛中，娇声喊着"爱哥哥"，那种女儿憨态，惹人爱怜。

有句歌词说得好："女人，你应该永远天真，为了所爱的人。"因为天真，所以单纯；因为天真，所以透明。天真的女人连眼神都是清澈的，带点无辜的，用童话的眼睛去看世界，这样的如水清纯还真当稀罕。

一个圆滑世故的女人是没法天真的，更不要说娇憨了；一个冰雪聪明的女人，总有几分精明算计，对爱情、对生活太过认真执着，不达到目标誓不罢休，这种"女强人"肯定不会简单。除非她聪明到了一定程度，聪明到装傻，傻到对一切可疑之物视而不见。

装傻有什么不好？难得糊涂也是一种境界。能够活得洒脱简单，快乐会随之而来。

女人简单才幸福，幸福的女人很简单。

如果不在意，哪怕"很傻很天真"，也没什么大不了的。

忧伤或是心疼

此刻，微雨耐着性子穿过初夏，落在窗前的桂花枝上。花未开，雨滴的声音有些寂寥，小朵的云偶尔飘过淡淡的天空，不喜不悲。

微信里跳出一条信息：诗人卧夫绝食而死。说实话，之前对卧夫并不了解，也没看过他的诗，喜欢写诗的我，有点汗颜。

诗人总是悲悯的，忧郁的诗人更容易走极端。海子卧轨，顾城吊颈，还有台湾女作家三毛，都在美好年华里，亲手结束了自己的生命。

有时候，我很容易忧伤。一些小事儿也能让我郁郁寡欢，就像在晴空万里突然飘过一朵乌云。好在这朵"云"来得快，去得也快，转眼间，心境也会渐渐明朗起来。

卧夫自杀的消息同样带给我短暂的唏嘘和悲伤。

　　曾经为一双忧伤的眼睛写过一段文字。一个小男孩儿四五岁时，父母双双离开人世，奶奶一手把他拉扯大，读小学了，奶奶忽然中风，手脚不能动，本来就风雨飘摇的家一下子就没了主心骨。小男孩儿还在读书，成绩不错，在一群蹦蹦跳跳的孩子中依然出类拔萃。电视台一名女主持人采访了他，问他长大后的理想是什么，小男孩儿迟疑了许久，却不局促，眼睛迷蒙着，终于蹦出一句：我要考上大学，我要养活奶奶。

　　心里一激灵，鼻子一酸，从眼里流出来的液体叫泪水。

　　记得初做采访时，最见不得人家的苦，人家哭着诉说，自个儿的眼圈不由自主地红了。我想陪哭不好，我不要。于是，慢慢习惯不让别人的眼泪湿润我的眼睛，慢慢地学会自己把握自己的角色。

　　忧伤是人的一种心理感受，是一种不快乐、不高兴的表现，是由表及里、从肌肤渗入体内的情感；心疼是因喜爱的东西或人受到损害而感到痛苦或难受，是心脏突然撕裂，血管突然爆炸，一刹那魂飞魄散、天崩地裂的那种绝望。

　　失去亲人的痛苦大抵于此。幼年丧母、中年丧妻、老年丧子，这是人生三大悲，无论哪一种，都是致命的心疼。只有亲身经历过，才有深切体会。

　　当然还有爱情。为爱情而心疼。

　　"凤鸣，在这个世上，你能害死的人只有两个。"

　　"两个？"

　　"一个是你，另一个就是我。你如果不好好爱惜自己，我就会为了你心疼而死。"

　　这是小说《凤于九天》中的一段对话。容恬的深情，只愿凤鸣和他一起享福，不愿凤鸣陪他吃苦。为了凤鸣，容恬愿意付出全部的生命和感情。

　　爱到深处心会疼。民间索性把爱说成"疼"——爱谁，就说"疼"谁。

不爱了，心也会疼的。就像彼此相爱的两个人，一个绝情而去，一个不愿放手，如同拉着的皮筋突然断了，受伤的肯定是不愿松手的人。伤在手上，疼在心头。

能让你心疼得无法呼吸的人，一定是你的亲人，或是你真正爱过的人。

裂帛

　　裂帛这个词孤寂，清冷，犹如古琴之声穿云而来，扶风而去。

　　一曲《高山流水》，伯牙的琴声伴着奔流的江水，在清澈的月光下恣意纵横，猛然间叮咚一响，他指下的琴弦断了一根，知音子期现身。而仅仅过了一年，子期亡故，伯牙抚琴，岸上却无人回应，记忆中的高山流水散落成水远山长。铮地一响，七弦齐鸣，却是七弦齐断，留下裂帛般的声音。

　　古琴常以梧桐木和杉木斫成，故云"丝桐"。古琴声音沉郁幽咽，古人有指间挥洒，如万壑风入松林之说，古曲有"风入松"曲牌，故以"松风"代指古琴。著名文化学者朱大可先生推崇古琴为"两千年来的孤寂声音"，"乐音犹如天籁，有时则发出裂帛般的声音，仿佛是世上一切事物的总体性叹息。"用古琴演绎司马相如与卓文君星夜私奔的《凤求凰》古风扑面，一下子将我们带进2100年前的西汉。《凤求凰》就是在古琴"裂帛般的声音"中，引领我们感受两个被时间的流水湮没的灵魂。

声如裂帛，应该是赞美声音的美好质地。除了古琴，我还想到了新昌调腔，想到了黄土高坡那些高亢嘹亮的歌声，想到了歌曲《枉凝眉》中林妹妹那朵阆苑仙葩，恍惚间，似有清冷入仙之感。

世界上有许多可裂之物，但一旦到裂开的境地，多半是惨不忍睹的。其发出的声音，大都是破碎的、刺耳的、难听的。唯裂帛之声，那么柔软，那么锦绣，尤其是光滑的丝绸，分裂之声传来，有点惊心，却又有点淡淡的忧伤。

那裂帛似的尖叫，非丝绸莫属。

据《帝王世纪》记载："妹喜好闻裂缯之声而笑，桀为发缯裂之，以顺适其意"。妹喜，夏桀之宠妃，为有施氏之女子。有施氏的首领将她送给夏桀，得到桀的宠爱。为博得美人一笑，夏桀绞尽脑汁，妹喜听到撕扯缯帛的声音就笑，于是夏桀把缯帛拿来撕扯，以博得妹喜的欢心。

"我要听裂帛的声音。"仿佛看到，妹喜慵懒地躺在床上，几个宫女每人持一匹丝绸，用劲地撕扯着。那华丽的丝绸，闪耀着珍珠般色泽的丝绸，白如雪，红似火，却在宫女的双手舞动下，撕裂着，尖叫着，落下一地破残的碎片。

继而便有人效仿。周幽王被褒姒迷倒，但这位美人冷若冰霜，脸上无一笑容，周幽王听说夏桀的宠妃妹喜爱听裂帛之声，常常乐得哈哈大笑，便让司库搬来彩帛百匹，命宫女一匹匹撕裂给褒姒听，这位冷美人仍不露笑容。弱智的幽王贴了一个告示："天下如有能博得褒姒一笑者，赏赐千金。"于是有了"烽火戏诸侯"的闹剧，而美人终于笑了，同时也埋下了祸根。曾经强大繁盛的西周王朝，从此画上了句号。

　　在那个物质并不富裕的时代，丝绸毕竟是昂贵之物，哪有许多名贵的丝绸供人消遣，让人天天撕？即使是现在，也没有几个女子舍得撕丝绸玩的。亡国红颜妹喜和褒姒都是作为求和"礼物"献给君王，本来心中燃烧着复仇之火，如果奢侈和玩笑能够让那个男人的江山动摇，能够让男人失去民心，她们都会一一接受。从某种意义上说，她们撕的是丝绸，更是灭国大旗。

　　裂帛，无论天籁般的古琴之声，还是丝绸那一端传来另类之音，挥之不去的是那岁月织就的凄凉和哀伤。

暗花

看戏文。

走出一个俊秀小生，唇红齿白，风度翩翩，一身月白色的长衫，衣领缀着小花，衣摆处一枝梅花斜斜逸出，迈步一走风生水起。

《西厢记》里写的张生，谁也没见过，但越剧中的张生，确实生得好看。"眉梢眼角藏秀气，声音笑貌露温柔。"贾宝玉的俊美，不过如此。

戏里的张生，是新昌越剧团里一个年轻人演的。京剧的主角是胡子一大把的老生，而越剧的小生大都面如傅粉，温润如玉，所谓君子如兰，品性高洁是也，看着看着，仿佛有兰花般的幽香扑鼻而来。

看《西厢记》，看戏里的细枝末节，忽然觉得，张生的衣服有一种别样的美。是绮罗或是缥绫吗？

丝绸品种类很多，数也数不过来。一缕缕的经线和纬丝互相交织，互相融合，形成不同的结构和表面肌理，再加上不同的工艺方法，就形成了数以百计的丝绸品种。丝绸织品的基本组织有平纹、斜纹与缎纹，也就是绢（或绸）、绫与缎的基础组织，此外还有纱罗、绒和织锦等丝织物。万华千章，自机中出，那千姿百态的丝绸织品，足以令人眼花缭乱了。

锦缎富贵华丽，绫罗则另有一种优雅韵味。缭绫和绮罗虽然是不同的丝绸品种，但它们均是"织素为纹"，花地一色，以不同的组织纹理显示花纹，犹如"暗花"，在风起雨后的黄昏，暗香残留。唐代最负盛名的要数缭绫。缭绫质地细致，文采华丽，产于越地，唐代作为贡品。

> 缭绫缭绫何所似？不似罗绡与纨绮；
>
> 应似天台山上明月前，四十五尺瀑布泉。
>
> 中有文章又奇绝，地铺白烟花簇雪。
>
> 织者何人衣者谁？越溪寒女汉宫姬。
>
> 去年中使宣口敕，天上取样人间织。
>
> 织为云外秋雁行，染作江南春水色。
>
> ……

白居易所写的《缭绫》一诗，不吝笔墨，描述了缭绫的外观之美：那底色就像铺着白烟一样，渺渺茫茫，而那些花儿，却似白雪一样簇拥着，轻柔的质感、半透明的光感、冷艳的色调，从字里行间一下子钻入心底，尔后慢慢地浸透全身。

认准越剧里小生穿的衣裳是绫罗，凭的是直觉。

软绵绵的越剧仿佛在叙说着家长里短和爱情故事，尤其是《西厢记》、《红楼梦》、《牡丹亭》的主角，都是温文尔雅、情深义重的一对玉人儿：男的手握折扇，风度翩翩；女的凌波微步，衣袂飘飘。戏里走出来的林妹妹，举止高雅，谈吐不俗，气质神韵非同一般。但因为寄人篱下，总是步步小心，不敢轻易多说一句话，不敢多走一步路，所以她的穿戴佩带一定是高雅清淡的。她所穿的襦裙、褶子、衣衫应该是浅淡的，或是白的、蓝的、绿的，图案以梅、兰、竹为好，面料以绫、绢、绮、罗、绡等贵重轻薄的丝绸为主，斜领瘦长袖、短褶子，加上绿色云肩，下穿绿色密折长裙。惟如此，轻盈飘逸的林妹妹才有一种"闲静似娇花照水，行动如弱柳扶风"的风韵。

清雅馨香，也许，只有绫罗一类的丝织物，才配得上张生、莺莺、林黛玉等妙人儿。一袭长袍，抑或绿叶花裙，一拖到地，走起路来摇曳生姿，风流倜傥，正如"瀑布悬流，千丈飞泻"的缭绫，在明月下耀人眼目。

024 ·

NA YICHANG
FANHUARUJIN DE
XIANGYU
繁华如锦的
那一场
相遇

旗袍，旗袍

　　那么典雅高贵，那么精致华美，唯有丝绸。

　　如果说，丝绸与瓷器、长城、山水画一样代表着中国，象征着中国文化，那么，丝绸与旗袍应该是绝配。用旗袍来阐述丝绸，或温婉柔媚，或神秘含蓄，或张狂时尚，可以演绎得淋漓尽致，美艳绝伦。

　　看过《花样年华》的人，一定会为张曼玉着迷。她穿着丝绸做的旗袍，万种风情、摄人魂魄，让人有抑制不住的冲动和欲望。影片从头至尾氤氲着一种暧昧，每一次眼神的交流，每一次漫不经心的对话，每一次擦肩而过的忧伤，都弥漫着欲说还休、若隐若现的旗袍诱惑。

　　高领削肩、柳腰款摆，华丽的面料体贴温和，柔柔地亲吻着女人白皙细腻的肌肤。这个穿着旗袍的女人，在夜上海的灯红酒绿里，在清风明月间摇曳生姿，洒下一地魅惑。

旗袍女人，就这样被你征服。

其实，旗袍属于袍服中的一种，它是从满族旗人的袍服演变而来，而满族女性的长袍就成了人们常说的"旗袍"。古戏里的女人服装，清朝的最没有美感可言，高到腮边的立领又硬又土，还有那宽宽大大的剪裁，掩盖了婀娜多姿的腰身；更令人纳闷的是，这旗袍下摆是不开衩的。

好不容易熬到了上世纪初，这旗袍迎来了别样春天。汉族人相对比较开放，不仅把领子开低了，而且把下摆开衩了，你看这多有创意啊！而改良后的旗袍大得男人欢喜。男人看女人，无非是想多看一点，看深一点，看到想看又不能看的部位。那旗袍高高的开衩直至大腿，男人的目光聚集点绝非脚踝，肯定是开衩的最上方，由此可以联想，可以心动。

男人都说好看的旗袍，女人同样为之倾倒。年轻作家朱文颖特别喜欢旗袍，她有60多件旗袍，自信自己穿旗袍好看。这位苏州女子现居上海，说话轻软，阴柔温婉，写作时也穿着旗袍，"不过很多旗袍我都摆在那里看的，衣服不一定要拿来穿的。"

由朱文颖而联想到张爱玲，她们的苍凉、柔迷是那么地一致。张爱玲曾用"束身旗袍，流苏披肩，阴暗的花纹里透着阴霾"来描写上海20世纪40年代女性的时尚穿着，而她笔下的旗袍女子包括她自己，哪一个不是玲珑有致、入骨三分呢？

旗袍演绎了中国女人特有的风情，她是丝绸和女人的完美结合。在江南三月的意境里，浸染着唐诗宋词的幽怨，似乎有手捧《红楼梦》的古典女子施施然走出来，目光娴静，气质优雅。一袭旗袍，或温婉，或浓烈，销魂蚀骨，撩拨人心，仿佛一阕花间词，迷醉了多少女人心？

寸领，斜襟，琵琶扣，窄窄的腰身，精致玲珑，就像定窑的耸肩瓶，妩媚风流，偏又有矜持地冰清玉洁。穿旗袍的女子"眉梢眼角都是风情"，

都有掩不住的风流挥洒而出。

　　"白底的缎面旗袍上引着太多太多盛放的锦绣球，那红得如火的锦绣球衬得女子的皮肤更加白皙柔嫩。加上旗袍合身的设计更加凸显了女子妖娆的身段，裙边的剪裁令女子光滑的腿若隐若现，随着她走路的步伐带出性感的弧度。"

　　请看，这样的旗袍美人朝着我们款款走来，那些久远的年代，那些泛黄的记忆，箫声一般轻轻地划过湖面，如留声机搁上针尖，细细唱出一些经典。此刻，窗外梅花正开，暗香销魂，又一个浅雪黄昏。

有一种依赖叫闺密

有闺密相伴的日子，天空格外清澈和晴朗。

世态炎凉，人情淡薄，找一个谈得来的朋友都很难，何况可以交心的闺密。这年头，拥有几个闺密简直就是奢侈品，多少钱也无法买到。

闺密要讲缘分，看上去顺眼的、合得来的女子，像一颗棋子跳出来落入眼中，并非兴趣爱好完全相同，也无需各自有多少背景，就这样遇见。恰好，她视你为同道中人，你与她倾心相交，双方一见如故，也就成了。

闺密不像男友，要用情专一，具有排他性。闺密多几个更好，这个可以当你的情感垃圾筒，任你吐槽到天明；那个适合当你的职业高参，"一万个为什么"之类的问题难不倒她；如果你还爱打扮，找一个时尚闺密更是一桩赏心乐事。

一直以为，闺密是可以相伴到老的。我先生

的奶奶家在绍兴，爷爷早年开办布厂，日本鬼子打进时逃难失去音信，估计客死异乡了。奶奶一个人支撑着一个家，她的一个闺密成了她一生的依靠。两人相濡以沫，守望相助，共同抚养着各自的子女，走过了漫长的一生。

奶奶闺密的丈夫早已去世，两个孤单的女人彼此约定，死后合葬一起。离兰亭不远有一座小山，山上茅草丛生，两座坟并排着，像两个牵着手的小姐妹，诉说着曾经的点滴往事。每年清明，我的目光停留在堆满黄土的坟头，想象两个女人年轻时的模样，这时，阳光从头顶落下来，风从身边跑过去，我似乎闻到了温暖的味道。

记得有一句话：生活中可以没有男人，但不能没有闺密。是啊，就算全世界的男人抛弃你了，还有闺密来拥抱你。对于许多女人来说，男人就是她们生活的重心：没有男人的时候，她们寻找男人；有了男人的时候，她们驯服男人；她们和各自的男人一起吃饭，一起睡觉，一起做爱。但天天围着男人转的女人，总少不了几个闺密，她们在一起谈男人，骂男人的种种"坏"，疗男人给她带来的伤……

女人对男人的感情很深，深到骨髓里，分手却浑身伤痛，痛到心尖上；闺密给予的是浓得化不开的友情，是情感发泄的出口，即使分手也是云淡风轻，像一只蜻蜓掠过窗前。

跟闺密一起逛逛街、聊聊天，是一件赏心快乐的事。当然也不能过了头，一味依赖闺密。如果事无巨细，像垃圾一样倒掉自己的心情，或者"泡饭粥"一样，翻来覆去说一些无趣、小得不能最小的话题，这就要小心了，考虑一下自己是否患上了有事没事找闺密的依赖症。

能成为闺密，想来都因为彼此经历过很多事情，有一些共同的话题，或许哭过，或许闹过，或许一起开怀大笑过，种种美好构成了一生的回忆，从此有了彼此依赖的印记。

被闺密依赖，或依赖闺密，是一种信任，也是一种快乐。这样的小幸福如春天花开，一路温馨。

雪纺裙的味道

还记得章子怡，记得戛纳国际电影节上一场"红地毯秀"。

2006 年，章子怡凭借着一款气质时尚的大红雪纺裙，在红毯上惊艳全球，演绎了东方女子的美丽和浪漫，成功地吸引了全球无数观众的眼球。

在镁光灯闪烁的舞台上，群星璀璨，不是比拼演技，而是比拼时尚。大明星们时尚服装的争艳行动，一浪高过一浪，而章子怡的造型，"色"胆包天，件件惊艳。

从"谋女郎"到国际影星，章子怡一直"星"光灿烂。

作为一线女星的章子怡，在打扮和造型上绝对不输给欧美时尚界的潮人。章子怡每次出席活动或是走红地毯，都会花费太多太多的心思，既可以性感，可以型格，又高贵大方，优雅万分。

有一次，章子怡现身某代言活动。出场当天，她一身淡紫色雪纺裙亮相，V领开得低低的，裙摆及膝，身材妖娆，妩媚风韵，宛若女神一般。

又是雪纺裙。章子怡的雪纺裙。

裙有千款，雪纺裙则是裙中的新贵。柔软、轻薄、飘逸，抗皱性佳，非常"泼辣"，不像有的真丝服装那般娇贵而难伺候，更让人迷恋的是那点儿"仙味"。

在波涛汹涌的海边，岩石上站着一位拉小提琴的少女，少女长发飞扬，裙角被风吹起……琴声、风声、涛声追逐一起，似梦如幻，不觉得这是一幅画吗？或者，在山花烂漫的田野，两个少女追逐嬉闹，裙裾飘逸，彩蝶纷飞，金色的阳光下，是向日葵一样美好的年华。

夏至未至，雪纺裙正当时。

清新的薄荷绿，淡雅的浅水绿，生动的艳丽绿，深沉的墨绿……各式各样的绿色点缀着夏天，也点缀着女人们的心情。这个夏天，可以试着穿一套绿色的雪纺裙，置身在大自然中，为热浪滚滚的夏季，带来一抹清新。

还觉得不过瘾吗？那就让身边的空气也被花朵占领吧！清闲复古的花朵风潮席卷而来，一簇簇娇艳的鲜花张扬地盛放在雪纺裙上，热情的玫瑰，或是娇柔的欧铃兰香，那么纵横恣意，那么旁若无人地盛开，欲与美人比娇艳。

还觉得不够性感吗？就这样红吧，越红越艳，越红越烈。红是永远不会被时尚淡出的色泽，红蛊惑每个女人的心弦。你看，比红地毯更"红"的章子怡款款走来，一袭大红露肩的拖地长裙，衬得肌肤胜雪三分；酥胸微露，细腰紧束，红裙前短后长，层叠着、舒展着，让人眼睛一亮。

还有还有，你的小蛮腰，你的白肌肤，你的雪一样明净的小心思，在雪纺裙的衬托下，美丽温婉。嫣然一笑间，仿佛穿越了千年的温柔，烙下最美丽的痕迹。

有道是，穿裙子的总是打败穿裤子的。长裙摇曳和长发飘飘的女子，不经意间挑战着男人们的视觉底线，甚至小心脏的承受极限。

"没有好裙子，就不谈恋爱。"美国著名服装设计师 DianeVon 说。只有穿裙子的女子，才能组成一道道亮丽的风景。如果想神采飞扬，如果想寻觅如意郎君，不妨穿着百变时尚的雪纺裙，去赶赴一场美丽之约。

手帕，手帕

手帕，已好久不见。

前年去日本，在通往清水寺的一段山路上，散落着不少小店，多是卖瓷器和特产的。随意拐进一家温馨的小店铺，一些小手帕猝不及防地进入了我的视线。真是好看啊，有碎花的、有小动物的，也有穿和服的日本女子……像锯齿一样镶着花边的手帕，各种各样颜色的都有。心便动了，想买了些回来送人。同行的人说，现在谁还用手帕？

不一定要用，喜欢就行。买了五块方手帕，分送几个有小情调的朋友，剩下一块自己留着。纸巾用惯了，自然不用手帕，暂且把这别致之物收藏起来，偶尔翻看，如同品画一般，也会品出一阵暗香来。

以前，几乎每个女孩子都有一块花手帕，叠

得四四方方放在口袋里，擦汗揩鼻涕眼泪，偶尔矫情或是娇羞，作掩口状，手帕是最好的道具。那时候，玩的东西很少，一条手帕可以变出许多花样，比如叠小兔子、小老鼠等小动物，还可以在捉迷藏时用来蒙眼睛，以及玩丢手绢的游戏。口袋里宁可没钱，也不能没有手帕！手帕这一不可或缺的随身之物，伴我度过了年少时光。

后来有了儿子，把手帕对折，再对折，折成长条，别在他的胸前，告诉他如何揩鼻涕、擦口水；稍长了些，就让他自己学着洗手帕。如果没记错的话，儿子洗的第一件物品，应该是别在他胸前的一块方手帕。

转眼间，手帕竟成了旧物，在时光中渐渐淡去。

记得一部日本电影，叫《幸福的黄手帕》。从狱中归来的男主人公，给妻子寄来一封信，说如果她还是一个人并且还在等着他，就在他们家门前的旗杆上挂一块黄手帕；如果没挂黄手帕，他将永远地离开。他忐忑不安地走近熟悉的家，远远地，他看到了高高的旗杆上，挂满了迎风招展的黄手帕。

幸福的黄手帕，象征着爱情的黄手帕。结尾时，男主人公眼中已是一片模糊，所有的坚强、所有的沧桑都被这柔软的手帕击溃，滴滴泪水缓缓流淌……

手帕其实早在原始社会就有了，亦称作手巾，是用来驱蚊和擦汗的，既实用又方便。手帕大多是质地柔软的棉布和丝绸，也是千年爱情的信物——在手帕的斜角上绣一枝梅花，或者题一首诗，每一方手帕都会扯出一段故事，忧伤的、甜蜜的、浪漫的……

"这诗帕原是他随身带，曾为我揩过多少旧泪痕。谁知道诗帕未变人心变，可叹我真心人换得个假心人，早知人情比纸薄，我懊悔留存诗帕到如今。万般恩情从此绝！只落得一弯冷月葬诗魂。"黛玉焚稿，梦断红楼，单是读着这几句词，已心痛到要落泪，再听那如泣如诉的唱，怎能叫人不断肠?!

说起那诗帕,是宝玉挨打之后,怕黛玉记挂,又不好明说,着晴雯去黛玉处,送两条自己常用的白手帕。黛玉收到后,明白了宝玉的心意,心有所感,便在手帕上题诗。如今是知音已绝,诗帕怎存?曾经的美好时光,却是镜花水月,似水流年。

"不写情词不写诗,一方素帕寄心知。心知拿了颠倒看,横也丝来竖也丝,这般心事有谁知?"

在古代,手帕是信物,是闺中女子寄托情思的物件。仿佛看见旧时光里的女子,用一块方手帕半遮面,或是故意将捏在手里的手帕丢在地上,等着心爱之人悄悄捡起……梦里梦外,不知身在何处。

谁解被面风情?

翻出箱底里的几条绸缎被面,摸一摸,似触到内心的柔软处,许多熟悉的味道丝丝缕缕地绕过来,又绕过去。

那时候,姑娘家结婚,十床被的嫁妆是必须的,而且都是大红大绿的软缎或织锦缎被面,十八彩百子图、龙凤呈祥、花开富贵,华丽丽的一副喜庆模样。新婚之日,如果在农村,那叠成整整齐齐的被窝里,必定会掏出一个个红鸡蛋来,所谓大红喜事早生贵子也。

也许少不更事,也许叛逆,总觉得大人办的事物都很俗气,有些老封建的味道。十多岁的小女孩,倒是做过好几次伴娘了。在我眼中,被面是好看的,色彩鲜艳,图案漂亮,可是配上这些富贵喜庆的名字,就俗了几分。

我的新婚无法免俗,也有过花团簇锦的绸缎

036 ·
繁华如锦的
那一场 相遇
NA YICHANG
FANHUARUHN DE
XIANGYU

被面，软缎的、织锦的、素绉的，颜色无比鲜艳，大红、蓝紫、明黄……那些软绵绵、滑糯糯的被面，着实点燃了喜庆。转眼间，漂亮而实用的被套大摇大摆地走向市场，四件套、六件套、八件套床上用品五光十色，迷了人眼。被面犹如昨日黄花，倏然消失了。

虽然很少用被面，但婆婆一直偏爱，有一次居然买了 10 个被面回来，她说在街上碰到有人在兜卖，比店里便宜多了，而且这花色多招人喜欢啊。仔细看去，这质地并不好，大概是人造丝之类的，有点硬，但色彩鲜艳明亮。我们都不要，她便自己收藏着。偶尔一次回家，见一窗的灿烂，原来婆婆用几个被面做了窗帘，从左到右一拉，哗啦啦地，开满了枝枝蔓蔓的花朵，仿佛满屋子都是春天，真叫人忍俊不禁。

新婚的绸缎被面尽管压了箱底，心里总要惦记，好似箱子里藏着花枝，一不留神就会跑出来，姹紫嫣红开遍。无数次地想，这种美丽的绸缎是否可以重新利用？是否可以在哪个合适的场合秀上一秀？有人说可以做窗帘、包袱皮，甚至镜框的背景，也有人说裁成小片做抱枕。如果是上好的绸缎，那简直是"暴殄天物"，心有不舍。

偶尔看到一个笑话，说一个中国人送给美国朋友一条缎子被面，看到正宗的中国丝绸，美国人很开心，但他想不出它的用途，就去问。中国朋友想美国人是不用被面的，一时也说不明白，随口告诉他：这是壁挂。有一天，美国人请一些人到他家做客，中国朋友也在其中，只见客厅正中挂着被面，主人得意扬扬地向客人们介绍他的壁挂……

没见过被面秀成壁挂的风景，只是一万次地想象那样的场面。如果一个中国风的客厅，配上足够精致华丽的织锦缎，那真叫绝。织锦缎一向是丝绸优秀传统文化的杰出代表，因其面料柔滑，色泽绚丽多彩，美如天上云霞而得名。明代诗人吴梅村在《望江南》中赞美道："江南好，机杼夺天工，孔雀妆花云锦烂，冰蚕吐凤雾绡空，新样小团龙。"

如果是云锦，那更绝了。云锦是中国丝绸三大名锦之一，"加金织锦"是云锦的另一大特点，突出了云锦的富丽华贵、金碧辉煌。你看，色彩缤纷绚烂，图案大花大朵，造型饱满的一幅壁挂，谁敢说它只是一个被面？

孤单寂寞的被面，是否更有被宠爱的欢喜？一如那沉寂许久的花枝，在春天里忽然明艳起来。

038 ·
NA YICHANG
FANHUARUHN DE
XIANGYU
繁华如锦的
那一场
相遇

为谁梳妆

小轩窗，正梳妆。

仿佛一个"绿鬓云垂，旖旎腰肢细"的女子，端端地坐在窗前对镜贴花黄。此刻，一抹暖阳斜斜地落下来，透过菱形木格的窗，倾泻在梳妆台上。镜是椭圆形的，一把古典雅致的桃木梳散发着淡淡的清香。

还记得评剧《花为媒》的主角张五可，实实在在的大美女一个，听说王俊卿不肯娶她，且说她"心不灵手不巧貌丑无才身段不苗条"时，红颜大怒，生来鲜花一样娇的她，怎可让人如此诋毁？再来揽镜自照，左顾右盼，那青丝贝齿樱桃口，柳腰杏眼芙蓉面，越看越自恋："对菱花仔细照我样样都好，真好像九天仙女下云霄。你怎么长得这么好看哪！"

长得这么好看，那王俊卿还不要！娇俏可人

的张五可咽不下这口气，一定要让对方亲眼见。张五可的漂亮，果然在花园里得到了印证。替王俊卿去相亲的表弟贾俊英一见花容，立马魄散魂销，"虽然是花开颜色好，看来你人比花更娇……"，以至张五可款款离去，他还在那里发痴发呆。

张五可对镜自怜那一幕，觉得无限好。

很自恋，完全自我陶醉的模样，从头上青丝到杨柳细腰，从紧身小袄到裙带飘飘，一边照镜子，一边赞叹，她唱得婉转明媚，我笑得发自内心。

镜子至于女人，不可少。连替父从军、驰骋疆场的花木兰，一旦回家还了女儿身，便要"当窗理云鬓，对镜贴花黄"，坐在梳妆台前，整出一副花容月貌来。

也喜欢梳妆台，喜欢那种古典雅致、雕着花边的梳妆台。早年大姐出嫁，母亲为她做嫁妆，专门请了一个木匠到家里来，一做就是三个月。我缠着母亲，给自己做一个梳妆台，还指定了款式，就是古戏中小姐闺房里的那种。

果然很漂亮。暗红色的梳妆台，两尺多高的镜子，椭圆形的镜框，还雕了一些说不出名儿的花，精致优雅；镜面一闪一闪的，像春光轻轻划过，有一份《满井游记》里"晶晶然如镜之新开而冷光之乍出于匣"的惊喜和绮丽。

有了古典梳妆台，有了一张妈妈结婚时睡的雕花大木床，我要称我的房间为闺房了。多好的少女时代，有幻想有梦想当然还有理想，直到有一天心爱的他带走了我，也带走了我的梳妆台。

都说女为悦己者容，一个女人心里若有了深爱的人，照镜子的频率会相对高些。浅浅的几粒雀斑，抹点粉底霜；细细的几条鱼尾纹，贴个眼膜保养；眉不够细长，描一下嘛，眉笔、眼影、腮红、唇膏……梳妆台前，全是这些杂七杂八的化妆品。

040 ·
繁华
如锦的
那一场
相遇
NA YICHANG
FANHUARUJIN DE
XIANGYU

　　"妆罢低声问夫婿，画眉深浅入时无？"对镜梳妆，纤纤素手拨云撩雾，有说不出的温柔妩媚，万种风情；扭头轻问，半嗔半娇间，自有一份爱怜在人间。

两厢厮守

　　此刻，桃花盛开，微风拂过，沁暖的香，熏了一季的等候。

　　都是红，满眼皆是。红双喜、红罗帐、红锦缎、红地毯……

　　新娘缓缓地走下花轿，身姿婀娜，一步一摇；新郎胸戴大红花，一根红丝带牵着新娘的手，进洞房，掀起红盖头……

　　十里红妆，如影相随。两箱丝绸，夺人眼球。

　　打开，浓郁的香气扑鼻而来，天然樟木味沁人心脾；再闻，蚕茧的初始味道，忽然让人想起孩童般纯真干净的身体。

　　是丝绸。一定是的。

　　真丝床品、全真丝鹅绒被、特级蚕丝毯、女式绣花真丝睡衣、男式真丝长袖睡衣、锦绣数码丝巾、丝竹绵手帕、丝绸针线盒……满满两箱，

042 ·

NA YICHANG
FANHUARUJIN DE
XIANGYU
繁华如锦的
那一场
相遇

各十套。

两箱丝绸，寓意"两厢厮守"。

不得不说的一个典故。

江南一带大户人家，自古便有以香樟木箱作为女儿嫁妆的习俗。旧时，一朱门以桑蚕为业，一日喜获千金，其父在庭院种植一香樟，作为纪念。香樟入土生根，沐春风，饮秋露，冬去春来，枝丰叶茂，拔节铮铮。其女勤俭手巧，尤爱桑蚕。亭亭玉立之时，媒婆登门，为她择一良婿。

眼看到了良辰吉日，父母召来木匠，以樟木为具，制作成两大奁具，内置蚕茧，作为嫁妆。出嫁之日，十里红妆，其中两大奁具最为瞩目，众人以为箱内是丝绸，说：两箱丝绸。

这吴侬软语特别好听，音拟"两厢厮守"，因而十里百传，竞相效仿。若生女婴，便在家中庭院栽香樟树一棵，女儿到待嫁年龄时，香樟树也长成。媒婆在院外只要看到此树，便可来提亲。女儿出嫁时，家人要将树砍掉，做成两个大箱子，并放入丝绸作为嫁妆。

樟木有才，俊秀内蕴；丝绸有灵，轻柔飘逸。

夫是樟，妻是蚕，怀抱君旁相（香）厮守。

夫是箱，妻是被，尽在箱中秀缠（蚕）绵。

十年香樟成木，百年白首相约，千年古风相传，乃铸两厢厮守，何其浪漫何其厚重啊！

如今想来，一个传统的婚礼是对婚姻最直白、最朴素的承诺，虽然凤冠霞帔、长袍马褂的爱情与西式礼服里的相爱是一样的，但总觉得在抬花轿、拜天地、入洞房的旧婚俗里，才有冥冥之中的天意。

执子之手，与子偕老。你愿意与我两厢厮守、白头偕老吗？

一树香樟一树情。种下樟树，也种下了相思，所有的祈盼已经起程，所有的向往都写好了结局。那浅笑迷离里，便会开出思念的花来。

　　剪一段柔软的时光，种植心香，你如灼的目光，缱绻。若相遇，便相爱，一旦相爱，便要天长地久。

　　你说，不到天荒情不老。我说，两厢厮守到白头。

　　执手度流年，如此便好。

锦上花

锦儿，一个江南女子的名字。

一直很小资，一直美化爱情。之所以把小名改为锦儿，是在认识他之后。她希望爱情锦绣而华美。

爱情于她，不是一件奢侈的事。锦儿有足够的美貌，还有一份不错的职业。够了。

一次聚会，被上司点名作陪，不想陪出一段姻缘来。一位多金有才的官二代，被她的笑容轻易击中。

　　"最是那回眸一笑，恰似绸缎般温柔动人。"

男人不是诗人，说起初次邂逅的一幕，他只是模仿了诗人的语言。一些诗意浪漫的话语，自然是俘虏女人最好的利器。有道是，甜言蜜语是女人最喜欢的礼物，此话一点不假。锦儿就是。

单单是绸缎两个字，锦儿就喜欢上了。绸缎般的笑容，有些凉爽有些滑腻，不仅是肌肤上的质感，更是从内而外的美丽。她想，一个男人用那么温柔的词来比喻，情商百分百的。

初次送礼，也是意味深长。

天刚刚入了秋，一阵风吹过，把温度往上提了提。漫步在林荫小道上，有些微凉，锦儿忽然感到眼前掠过一片锦，然后是一朵大硕牡丹，鲜艳夺目地飘在上面，像是一幅写意的中国画，典雅高贵，不经意间诉说女人欲语还休的妩媚。

这条真丝大方巾围在颈上，有一种恍若无物的感觉。

静静的、淡淡的，似乎不张扬，却浓醇如纯正的瑞士巧克力，持久散发着浓浓的典雅和华贵。这丝巾，如同锦儿的美，美得华丽，美得惊心动魄。

想起了陆小曼，喜欢穿丝绸的陆小曼，她妖娆的身体与丝绸旗袍，天生绝配。徐志摩曾经柔情绵绵地给她写信：小龙，买了一块绸缎给你，看看做什么合适？

此时，想必锦儿也被感动了。有时候爱情就那么简单。

雪小禅说过，爱情，什么时候都是锦上花。

锦上花。

如何在锦上绣一朵属于自己的花，开一朵永不凋谢的爱情之花？锦儿相信，这世界上，有一种感情是可以沁骨的，无论阅遍多少人间春色，无论经历多少沧海桑田，只一笑回眸，便倾心已久；只执手相看，便花开倾城。

相知如镜，相惜若梦。你是我今生最美的相遇。

织锦岁月，一段段，是刻骨铭心的爱恋，是锦上开出来的花朵。

改衣去

    有一段时光，突然爱上了改衣。

    把衣柜里所有衣服翻了个遍，找出自己喜欢的品牌，款式过时没关系，只要质地好颜色漂亮就行，反正能改嘛。

    不值得改的衣服当然不改，否则不是烧钱，就是瞎闹。

    衣服穿旧了，便扔掉，遇到稍微好点的，就送人，一直没想过会迷上改衣服。一次与朋友坐着喝茶闲聊，聊着聊着就聊到了衣服（嘿，女人大都爱好这一口）。我说刚买了件衣服，品牌店里打了折扣的，很有质感，只是不大合身，直接压在箱底了。

    去改衣啊！在座的几个朋友，不约而同地说出一家改衣坊，说那女人手很巧的，都去改了 N 回了。前不久，柯吟她老公看中了一件衣服，只是大了一号，而商店仅剩一件了，因为喜欢，就化了3000元买来，直接送到改衣坊。

说起改衣，仿佛端了一份心事，改来改去能改出什么花头来？要是改不好怎么办？在后来一次次实验中，丢了顾虑，反倒着迷。

改衣坊不大，靠墙挂着一溜衣服，起码八九成新，有的压根儿就是新衣。这个叫小芹的女子正埋在一堆衣服里剪裁，她只管剪裁，几个帮工做着拆线、缝纫。无须多费口舌，她一眼瞧了，就知道这衣服该怎么改，改成什么款，听她准没错。

领子变一变，腰身修一修、袖子弄一弄，几乎找不到修改过的痕迹，不知道巧手是如何炼成的。穿上改后的新衣，揽镜自照，不由得眼睛一亮，衣服合体大方，款式新颖别致，立刻增了几分颜色。

又去翻老衣服，看看有没有值得改的。改衣服不比做一件衣服便宜，是按部位算价钱的，每一部位收费40元，记得有一件衣服改得多了，花费160元。

一件10多年前买的黑色羊绒大衣，差不多是当时一个月的工资，但确实经得起考验，穿过兵荒马乱的岁月，依然风骨不倒；款式却严重过时，以前流行的长款怎么看都别扭，宽松的衣身找不到玲珑的曲线。

没有犹豫，拿去改了。去年冬天，这件大衣居然成了我最喜爱的衣服之一，迷恋程度甚至超过了其他刚买的新衣。

一度沦落成改衣狂的，还有身边的闺密们。大家淘尽衣柜，翻出一堆衣服，稍微像样的，或是不合身的衣服，都往改衣坊送。有一位闺密特别喜欢的一件貂毛背心，总想着以旧改新，才不辜负流光年华。貂毛本来很是挑身材，年龄渐长、稍微发胖的人穿上，只有超级难受的份。即便改了，结果还是束之高阁。

当然有一些改过的衣服，被我冷落了，有的只穿一次便塞进衣柜里。

说不出什么原因，不喜欢就是不喜欢了，不喜欢了就不穿了，没有任何一件衣服可以陪伴到老。只是，发生过的美好片段，在记忆中挥之不去，比如呼朋唤友去改衣，比如改衣去的那种小小的欢喜。

女为悦己者"整"?

女为悦己者容，可以理解；大动干戈的整容，有人理解吗？

整容那玩意儿，整个儿就是奇花异草，像罂粟，像曼陀罗，像春天里开出的一片嫣红，令人蠢蠢欲动，心里藏着掖着，却不敢轻举妄动。

爱美且胆大的女人，就敢冲。为了美丽脸蛋，为了诱人双乳，敢上刀山火海；倘若放在战争年代，老虎凳、辣椒水、电棍等酷刑，咬咬牙就能挺过去。女人一旦有了信仰，比任何人都坚强，梦想整出一个如花似玉的美人来，艰辛和痛苦又算得了什么！

梦想总是要有的，万一实现了呢？实现了就好，比如整容成功的诸明星们，一个赛一个的美，那五官真是漂亮得无可挑剔。而万一之外的不是没有，整容有风险，动刀需谨慎，美容不成反倒毁容，把自己一张脸整得惨不忍睹，更有人为之丢掉性命。如武汉超女王贝母女双双去武汉某整形医院整容，王贝在接受面部磨骨手术中出现了意外事故，血液通过王贝喉部进入气管，经转院抢救无效死亡。

整容，无非是拉双眼皮、隆鼻、隆胸等活儿，都是刀刀见血。不管怎么样，我祝愿手术成功，祝愿她们都能脱胎换骨变成一个大美人。至于充塞着硅胶体的乳房会不会发硬，鼻子会不会塌陷，这种警察都不管的事儿，操心也没用。

另一个关注度较高的问题是：女为悦己者"整"，男人们会找一个"人造美女"做妻子吗？

相信绝大多数男人会摇头。记得两年前有一个诡异的离婚案，说的是丈夫娶了一个漂亮的妻子，日子过得很开心，没多久女儿出世了，他发现女儿"丑得出奇"，而且"和爹妈一点都不像"，于是怀疑妻子红杏出墙，家里争吵不断，闹翻了天，妻子实在受不了如此折腾，道出真相。原来之前她化了60万元做过多次整容手术，整张脸大变样，而女儿是继承了她原来的相貌。一场闹剧以离婚而终结。

男人喜欢美女，但不希望自己的女人是整过容的。对于他们来说，"人造美女"如同一件摆设，一件工艺品，只能欣赏之。"如果哪一天，睡在我身边的人，忽然变成了一个金善喜或张曼玉，我想，我一定会逃走……"

事实上，男人都很清醒，结婚过日子，不是跟"零件"过的，和一堆人工材料包装成的"人造美女"同床共枕，是什么感觉？说不准哪天醒来，发觉老婆曾经是一个五大三粗的男人变的，妈呀，不抓狂才怪哩！

整过容的女人，大都不敢光明正大地承认。她们承认自己是天生丽质，是越来越美的事实。

不要说明星，就连普通女人，对整容这件事儿也讳莫如深。明明是塌鼻梁、长着龅牙的一个人，突然间五官精致、明眸皓齿了，你不能问，也不要问，心知肚明就行。整容也算隐私吧，她不想说，就无须寻根问底。只要她欢喜，只要她与另一半恩爱就行。

话说回来，我还是佩服那些敢于把自己送去吃刀子的人。不管是为悦己者整容，还是别的什么，能够把自己整成另一个人，不仅要有足够的胆量，更要有足够的承受力。

旗袍穿起来

想穿旗袍。很想。

旗袍一直氲氤在我梦里，喜欢着，迷恋着，似隔着云端隔着山水，像画里看美人，一种朦胧到极致的美。

掠夺性的美。惊艳的美。

旗袍很挑剔，并不适合每一个爱它的女人，所以我不敢轻易试穿，怕惊醒了那个梦，怕破坏了内心深处的唯美。穿旗袍，就像爱上了一个心仪的男人，那些暗恋的岁月，只属于自己，谁也不知道你有多爱他。

其实，有许多女子像我一样暗恋旗袍，但真正穿旗袍的却很少，大街小巷里转上一圈，也难见到穿旗袍的女人。

爱终究是藏不住的。终于有一天，穿旗袍的人慢慢地多了。亮亮穿了，秋秋穿了，程程穿了，雁儿穿了，红鱼穿了……小伙伴们都穿了，你还不穿吗？哪怕徐娘半老，也要勇往向前，就算煮成一锅经年老汤，加点青葱又何妨？！

一家叫"花·时间"的微店，来来往往都是爱美的女子。以前做的是大路货，少女范，青春亮丽，花枝灼灼，忽然有一天，几款棉麻旗袍悄然登场，所有衣服黯然失色，直接退后。旗袍一到，必被人抢，连店主自己也觉得，又一个旗袍时代来了！

另一家旗袍店，基本是真丝绸缎类的，女店主苗条纤弱，一直穿旗袍，不是特别美，但清清浅浅的模样，似暗香盈袖，我知道那是旗袍女人的韵味。她说去年开旗袍店时，家人一致反对，认为专营旗袍会没有市场，女人坚持，想不到今年就火了，生意出奇的好，喜欢穿旗袍的女人像蝴蝶一样飞了过来。

旗袍心结一旦解开，就无法控制，也无可收拾。女友们相约满城找旗袍，网上寻旗袍，还不断往微信朋友圈上晒，每一款都是那么诱人。想想旗袍穿上的模样，忍不住偷偷笑了几声。

无忧是个爱穿旗袍的女子，也爱摄影。她说有个梦想，就是姐妹们相聚，穿上旗袍，在白墙黛瓦的小巷里撑着油纸伞，留下美丽的倩影。不久她果然寻得一把油纸伞，一时兴起，从百里之外的古城赶来，喜色满脸。

她来了，而我在任家村。任家村有一个诗人采风活动，她与寒冰一起又赶了几十里，车厢里装着油纸伞、旗袍、高跟鞋、纱巾……有备而来，当然，她心爱的相机必定随身同行。

任家村不大，散落在高高低低的山坡上，泥墙斑驳，诉说着沧桑的岁月；墙脚跟叠着几层老旧的青石，像镶了边的裙裾；边上不规则的石阶，一步一步蜿蜒着从墙边绕过，虽不及雨巷的青涩之美，却古意盎然。穿上旗袍吧，把自己荡漾成一个青色女子，是一行清浅的水墨素花？抑或是一池翠绿清韵的风荷？都好，旗袍神秘和魅力，在这个灿烂的夏天，锦绣成

一片风景。

穿上旗袍，可以温婉，也可以妖娆。妖娆如一朵开得极盛的牡丹，芳华绝代，婀娜多姿；温婉恰似一朵水莲花，不胜凉风的娇羞，有一种不忍触碰的美。

旗袍穿起来，要的是一份心境，还有骨子里的一份喜欢。

姹紫嫣红穿遍

不知道我是俗了，还是老了。以前不喜欢的颜色，却是异常地欢喜，比如玫红，比如翠绿。去买衣服，街上溜一圈，带回家的，往往是这种鲜艳夺目的明亮色。

我简直为自己难过。

为何如此凡俗，如此不要好？

做女孩的时候，嫌大红大绿过于喜庆，过于霸气，自然也俗气。妈妈给我买的红衣，赌气不穿；绿衣也不行，太鲜艳了，我有大把大把的青春啊，何须再把一个春天穿在身上？

倒是穿过明黄色，一件在当时看来还算时尚的黄色外套。和一个好姐妹去看电影，在灯光下找位置，坐在后排的那个人后来对我说，那一天，穿着黄衣服的你，真好看啊！几年后，说这话的人成了我的爱人。

056 ·
繁华如锦的
NA YICHANG
FANHUARUJIN DE
XIANGYU
那一场 相遇

慢慢的我发现黄衣服的确穿不出效果，颜色过分明亮，有些老土。再细细想想，似乎没有哪一个明星出场，穿一袭能压轴的黄衣。

穿红戴绿，富贵金黄，反正要远离，还是朴素一点吧。

有一段日子，喜欢黑色，喜欢灰色，喜欢藏青，当然还喜欢过紫色。紫衣不能太多，一两件就够，那种神秘的、浪漫的气息，是给一个人看的，你与他相遇，一定要唯美，一定要诗意，像雨巷里丁香一样的姑娘，有着淡淡的忧愁。在所有的色彩中，紫色最适宜爱情，也像爱情，一点点洇开来，慢慢地渗到彼此的骨子里，魅惑，且有一丝妖气。

最经典的莫过于黑色了。这种颜色素雅神秘，不适宜青涩少年，与成熟女子互为知音。黑衣是百搭，穿在身上永远不会过时。见过一位女子，身穿一袭黑色蕾丝长裙，腰细细地绉着，没有多余的点缀，只是黑，一黑到底，而肌肤雪白，瓷一样的质感，一眼望去，黑愈是黑，白更加白，美到惊艳。

如今的衣柜里，依然存放着许多黑色衣服，那是我曾经所爱啊，每一件都让我喜爱，爱到致极。特别是几款长裙，虽然腰粗穿不得了，或过时不想穿了，但一直舍不得扔掉，每当换季，翻出来看看然后又收起来，期间却不曾穿过一次。

不穿，也确实不想穿了。怎么看都不衬肤色了，不仅是黑色，还有灰的、青的，那么老旧的灰暗的色彩，再配一张不甚明亮的老脸，简直像秋冬里的枯藤了。

是不是年龄越长越喜欢艳丽的颜色？

需要红，需要绿，需要恰到好处的明亮色。但我讨厌大红，大红太正，正得太像回事，像一本正经的大太太；也不喜欢粉红，粉红太贱太薄，像二姨太，更像风情女子；倒不如玫瑰红来得俏，透彻无垢，柔软暖和，像一个贴心的小媳妇，生动明媚又含蓄典雅。

　　绿是春天的颜色，不嫌多。但不要嫩绿，这是一种压不住的颜色，太轻太粉，太过亮了也不好。要的是翠绿，水汪汪地绿出一片碧来；还有苍绿或是老绿，直接荡漾到心底的沉静的绿，多好啊，绿到能在内心里长出芽来，这才是我喜欢的春天。

　　不要怕俗骨，不要怕矫情。只要喜欢，一切都是好的。

058 ·

繁华如锦的
那一场 相遇
NA YICHANG
FANHUARUIN DE
XIANGYU

棉麻归来 ———

　　今年夏天，忽然迷上了棉麻。

　　当然是棉麻的衣裙，满街逛过来，只有棉麻
才入眼，其他视而不见，连最喜欢的服装品牌都
没了感觉。

　　那是初夏的一天，偶尔在街边的一家服装店
里，发现一件长及脚踝的棉麻长裙，浓绿色的底，
蓬勃地开着一丛丛嫣红的花，鲜艳饱满，张扬中
透着一丝神秘。试穿了一下，果然颠覆，与以往
的风格不一样了。

　　之前我极少穿棉麻，而且是如此夸张的款。
但实在是太诱人了，回家来还心心念念，一直放
不下，像心里藏着的那个人，见了一次还想再见
一次，直至收囊入怀，握手言欢。

　　第二天瞅了空去，买下再说。

　　当下流行文艺范？抑或民族风？猛然发现，

穿棉麻的女子多了起来，开棉麻服装的店像雨后春笋般生长在街头巷尾。

不管流行与否，但棉麻的感觉实在大好。棉麻服饰天然古朴，随意休闲，不拘泥不束缚，犹如行云流水。

就那样喜欢，喜欢到了痴迷。喜欢媚到骨子里的绿，喜欢青花瓷的白与青，喜欢蓝色小格子的，也喜欢青藤缠绕一望无际的样子。

近乎贪婪地抚摸着棉麻，感受棉麻带来的回忆，仿佛失散太久的亲人，仿佛那兵荒马乱的岁月，一下子挤在我眼前。

小时候穿的衣服，料子基本是棉布，还特别喜欢穿裙子。可穿裙子简直是奢望，当时小镇女人是不敢穿着裙子上街的。但我的梦想是想要一条裙子。

我家有一块窗帘，黑色的底缀满了红花绿叶，轻薄而透亮，比我所有衣服的花色都漂亮。母亲告诉我说，这是玻璃纱。我不知道玻璃纱是不是棉布的一种，只觉得好喜欢。我心里打起了主意，总想把这块窗帘占为己有，做一条漂亮裙子。忘了用何种手段说服了母亲，这块窗帘真的成为我的一条裙子。这是我人生中第一条裙子啊！

后来看小说《飘》，就记住了其中的一个情节。因为南北战争，斯嘉丽的家园被毁，生活陷入了困境，连一条像样的出门穿的长裙都没有，被逼无奈的她灵机一动，将母亲留下的绿色窗帘改缝成一条漂亮的长裙，穿着去见一个重要人物白瑞德。

　　"她要穿戴用她母亲的天鹅绒窗帘和公鸡尾毛做的衣帽，动身
　　去征服世界了。"

看到这里，我　笑，原来"窗帘裙"早有出处啊。不过，我的"窗帘裙"只记忆一段青春，青春里的寂寞和无奈，仿佛一块温暖亲切的棉布，

透着质朴而幸福的味道。

不管你穿不穿，反正是我喜欢的。城里所有卖棉麻的店、微信里的棉麻服饰都在关注，看有没有适合自己的。前不久扯来一块黑底大花朵的棉麻布料，叫朋友做了一件宽大长袍，凌空挥舞的样子，犹如把被面穿到了身上。

又想起被面了。母亲保存下来的被面都是棉布，都是这种大红花绿枝叶。多少年的旧事啊，屋子里堆满花花绿绿的被子，那是新娘的嫁妆，江南女子出嫁，穿红着绿，被面最显喜庆，红得像要燃烧，绿得像要滴水，还有，大朵大朵的牡丹、杜鹃，凤凰、孔雀什么的，花开富贵，要多艳丽就有多艳丽，要多烟火就有多烟火。

烟火多好。烟火就是多姿多彩的被面花式，烟火就是棉麻的亲切味道，接地气，又充满了浓浓的中国味。

初心

　　初心两个字，干净纯净，刹那惊心，仿佛山间流淌的小溪，叮叮咚咚弹奏着清脆明快的乐章；犹如新春柳枝抽出的嫩芽，一点点绿开始蔓延，然后整个春天就生动起来了。

　　初心像邻家的新生儿一样娇嗔可爱，不会虚假表演，想哭就哭，想闹就闹，任性为之。人之初，孩童都有一颗天性善良的心。

　　初心易变吗？

　　去东郑看薰衣草，一路上车来车往，人山人海。东郑是块处女地，因为种植了一大片薰衣草，周围便闹热起来。设施自然不很周全，一位小女孩吃完手里的东西，犹豫着扔哪里，母亲说扔路边吧，还"恶狠狠"地加一句，这种地方扔越多越好。

　　心里不免凉了一截。先生说，这母亲教出来的女儿，长大后会是什么样的呢？

谁也未知，亦不可知。她走她的路，我们走我们的道。

人刚出生的时候，本性都是善良的，但随着各自生存环境的不同和影响，每个人的习性就会有差异。这就是《三字经》开篇之作的释义。是的，人之初，心本善，至于以后，人心向善、向恶都是我们无法预料的。

我父亲是个地道的农民，诚朴善良，不善用语言来表达内心的想法，更不懂什么叫算计，只知道一门心思与土地打交道。虽然我们交流很少，但心底里敬重父亲，喜欢他真心实意的为人之道。

许是父亲的天性影响了我。那年，我还年少，一位看着我长大的长辈说：你太善良，善良是要吃亏的；你也太单纯，单纯是要被骗的。我一脸无辜，只想着不要被骗就好，其他都可以忽略。

其实，坚持一颗初心，不为谁而改变，就是最好。

最初的一定是最真最美的，何况一颗初心。与人交往，总是故人多知交，遇上老朋友，哪怕几年甚至十几年没在一起，一旦碰到就成了话痨，随便两句，又回到了当初的时光，如高山流水，如小桥人家，闹或是静都是无关紧要的了。而与新朋友相识，欣喜之余，便多了一份劳累，有时候简直是一个消耗的过程，比如要知道相互的底线，要懂得彼此的喜好，要重新安排作息时间……

朋友总归是好的，如果是小人呢？人这一生，谁能保证不遇上一个对手？即使你不想，人家还得以你为敌，把你逼到一个你死我活的境地。世事是残酷的，残酷到不是你想象的模样。当你不断被伤害，不断被胁迫的时候，能够坚持一颗初心就不容易了。

时光荏苒，我们渐渐明白，并非所有的花开都是温暖和爱，并非所有的热情都能换来真诚和幸福，这个世界本来就是一个大染缸，有君子就有小人，有好人也有坏人，遇上君子就好好珍惜，以人为镜；碰到小人泰然处之，刀枪不入，一片初心，其奈我何。

不忘初心，方得始终。红尘中，坚守一颗没有污染的心，真的是好！

紫魅

　　我是喜欢紫色的。我觉得，紫这个字特别好看，饱满、忧郁，有格调。

　　记得年少时崇拜明星，喜欢看她们的照片，看她们的衣着。有一个女演员穿了件胸前打了蝴蝶结的衣服，那颜色真是美极了，我保证之前从没见过这样的颜色。

　　后来才知道，那种颜色叫蓝紫。其实我不喜欢蓝色，也不喜欢红色，为什么蓝色和红色混在一起，就化成了紫色？而且，蓝紫居然可以那么美。

　　再后来，读琼瑶的小说《穿紫衣的女人》，现在记不清具体情节了，只隐约感觉到女主人公始终穿着紫衣，深深浅浅的紫色，像一朵飘浮在雾里的睡莲，清丽脱俗，又缠绵哀愁，仿佛暗示着女主人公的命运。在《一帘幽梦》里，细碎的阳光下随风摇曳的,是一帘紫色的珠帘,里面有一个叫紫菱的女子。对了,《红楼梦》里也有一个名唤紫鹃的丫鬟,在贾府众多丫鬟中,我独独钟爱她,不晓得是不是因为这个名字的缘故。

我早年的记忆里,红、绿、黄是主打颜色,很少有紫色的。紫色是一个遥远而浪漫的梦,在书里,在梦里,在遥不可及的时光里。

喜欢紫,就像喜欢一个人,没来由的喜欢,一生一世的喜欢。

曲高和寡的紫,不入大流,很难搭配。俗话说"红配紫,一泡尿",《金瓶梅》里的宋惠莲,是以吓死人的红袄紫裙出场的。宋惠莲是西门庆的家奴之妻,在一次酒席上斟酒,穿着红绸对襟袄、紫绢裙子,西门庆看不过眼,嫌其穿得怪模怪样,送了她一匹翠蓝兼四季团花喜相逢缎子,由此眉来眼去勾搭上了。宋惠莲用有失协调的服饰色彩来抢风头,挑战大家的眼球,虽然用力过猛,但毕竟博出了位,成为西门庆身边的女人,她的生活因之滋润起来。

不是有红得发紫,大红大紫之说?为什么红配紫就如此不堪?我想了想,没想明白,只是不敢红配紫,怕穿错了,让人窃笑。

有一次,我行走在大佛寺的山上,夕阳从树隙里落下来,落在一条弯弯曲曲的小道上,有一个身材极好的女子背影,晃进我的眼里,貌似一朵紫色的杜鹃。心里想着,忽而大惊。这女子分明红袄紫裤!

玫红色的运动上衣,配淡紫色的休闲裤,但穿在她身上,竟然有些好看,有些雅致,一点不见恶俗。又一次在朋友圈上看到方方的晒图,一群姐妹去武功山驴行,或红蓝上衣配深紫裤子,或红上衣配淡紫裤子,或深紫裤子上露一截艳红,色彩荡漾,活力四射,衬得天更蓝,草更绿了。

其实,天底下没有一成不变的东西,时光在变,人物在变,眼光也在变。一切俗成皆是人为。倘若生命状态灵巧生动,只要有风,便能生姿;任何配色,都是最美。

　　紫，似乎是色彩上最消极的一种，不像蓝那么冷，也不似红那么热，但它可以容纳许多淡化的层次，暗的纯紫加上少量的白色，便是一种十分优美柔和的色彩，再加一点的，就成为淡紫、浅紫……

　　分明还有许多紫，比如炫紫、浆果紫、蔷薇紫、薰衣草紫、木槿紫、丁香紫等等。每一种紫，都魅力无限。

066 ·
繁华如锦的
那一场 相遇
NA YICHANG
FANHUARUJIN DE
XIANGYU

低眉

低眉这两个字无端地好，似乎只有温婉若水的女子才配得起。每每念及，心底里便碧波荡漾，柔情几许。

我见过的低眉女子，仿佛躺在古书堆里，或活在戏曲里，我一喊，她们便一个个站了起来，活生生地晃到了我的面前。

杜丽娘是一个。游园惊梦，惊的是一个青春少女之梦。咿咿呀呀的昆曲《牡丹亭》，杜丽娘一亮相，就是略略低眉颔首的羞涩姿态，"袅晴丝吹来闲庭院，摇漾春如线，停半晌整花钿，没揣菱花偷人半面，迤逗的彩云偏，我步香闺怎便把全身现……"一念一唱之间，水袖轻舞，声声含情，就这样把人们带进她生生死死的爱情神话里。

崔莺莺跟张生之间的一段爱恋，是始于一场偶遇。不用多说，崔莺莺一定是个大美人，以至于张生一见倾心，几次寻她说话。崔美人自是不理不睬，那是因为羞怯啊。循规蹈矩的女子，怎可随便与陌生男人说话呢？可后来，终于禁不住琴声和诗的诱惑，低眉女子我心狂野，什么礼教、什么矜持都顾不得了，在一个月光如水的夜晚，与张生有了第一次私会。

古代的美女图，画中的人都有一个共同的姿态，那就是低眉。低眉是一个女子最好的姿态。古代女子的眉像是能说话的，若一个女子低眉顺眼，她一定是温良恭俭之人；若一个女子失恋了，大多便是"柳叶双眉久不描，残妆和泪湿红绡"。古代女子的眉是能传情的，如果低眉回眸，欲语还休，她一定心里有了你；如果肯与你眉来眼去，一段情缘就此而成。

其实，所有沦陷在爱情里的女子都是低眉的。不管是含蓄温婉、幽静典雅的女子，还是飞扬跋扈、河东狮吼之人，只要在自己真心爱着的人面前，她会变得无限低眉乖巧，像一只温顺而幸福的猫。

临水照花的民国才女张爱玲，多么孤高的一个奇女子啊，一见到胡兰成，便要低眉，很低很低，一直低到尘埃里，并从尘埃里开出花来。因为她内心是欢喜的，心甘情愿为他做这做那，哪怕百般委屈，也忍着掖着，她盛大的爱犹如汹涌的洪水，爱得投入，爱得谦卑，爱得没了自己。有情终被无情伤，到底是负了如来负了卿，胡兰成挥手而去，一场情爱花落人散，灰飞烟灭。

不仅仅是张爱玲，还有许许多多的女子，在心爱的人面前都是低眉的。"我愿意从现在起，就做你心里最重要的人，我愿意把心给你……"不知道是哪首歌里唱的，沉浸在爱河中的女子都变得傻傻的，你的好与不好，都可以忽略不计，与相爱的人厮守在一起，低眉都是美。

人世间需要低眉，把自己放到低处才好。扬眉太过直白，不够委婉；横眉又嫌冷峻，充满敌意。唯有低眉，比扬眉多了一份平和，比横眉多了一份曼妙，不温不火，不争不抢，随和低调，知足快乐。

　　我希望生命中的每一个红颜，在尘世间做一个低眉女子，在一花一木、一花一草中感受生命的真谛，让人生变得丰盈美丽。

荷缘

　　一个下着细雨的初夏，我忽然想，荷开了么？

　　若，荷已盛开，热闹的不是荷，而是一群赏荷之人。前些年，去杭州西湖、桐庐获浦，看的是荷花，多的是人头。其实，真不必跑那么远。我们这边就有：棣山荷花映日，梁家井荷叶田田，黄婆亭的百亩荷塘绿叶红花，一望无际。荷塘边轰轰烈烈地搞了几个活动，有商业化的，也有艺术类的，更引得众人纷至沓来。

　　去年看荷，应了国门之约。他组织本地画家去百亩荷塘写生，碧叶间，画家们或席地岸上，或站立一隅，打开画板，渐入佳境。国门搬来小木凳，选取一个角度，看中一朵荷花，入定，构思，落在纸上，一笔一笔生动起来，半小时之许，荷已入画。

感慨良久，诗意来袭，以《一朵入画的荷》为题作诗：

然后你落到了纸上

然后你认为这样的归宿很美妙

国门画笔轻点

三千佳丽中唯独有你

阳光突然好了起来

线条，以及颜色各就各位

然后你有了温度，有了表情

然后你慢慢展开身姿，交付给余下的仪式

诗意弥漫的时光，因为有荷。为了你啊，我罄尽一生心泪，开放成一朵夏荷。曾经，我把诗歌幻化成荷。

是哪个日子开始喜欢荷的？

青春年少时，我不喜欢大朵大朵艳丽的花，尤其是牡丹。说什么"国色天香，技压群芳"，国宝级的花朵在世俗里泛滥，大红被单上铺着，雕花床上开着，白瓷缸边画着，似乎像某个雍容富贵的女人，多些俗气了。继而想到了大朵大朵的荷花，也是这样坠落人间，印在某件俗物上，沾着喜气，少了风雅。

其实，荷的清雅高洁是骨子里的。"出淤泥而不染，濯清涟而不妖"，大朵大朵的荷立在碧叶之上，恍若仙子；而她的脚下，是污泥，是污泥中开出的一朵洁净之花。

我喜爱水中之花。能种在水里的花草，我一定洗尽根须，养在玻璃缸或是瓷瓶里，比如白掌、绿萝、龟背竹、铜钱草等等。荷是一定要种在水里的，水灵灵的样子真叫人无比喜欢。

　　三年前，我买了一盆开了两朵的荷花，叶子小巧圆润，细弱单薄，夏天过去了，花开败，只剩残荷枯枝，枯枝也那么好看，简简几笔，散开在椭圆形的白瓷盆上，仿佛成画。这世上，几乎没有一种枯萎像残荷一样美得惊心动魄。

　　我家露台上有一鱼池，养了几尾野生的鲫鱼。后来，我把花盆沉到鱼池底，每年夏季，鱼池里窜出几片荷叶，静静地浮在水面上，却不见荷花开。为什么不开花？每一次看到，总觉得是一块心病。

　　有一位考古学家做过一个实验：一棵深埋在土层深处上千年的古莲子，把它放在合适的环境中，竟然能生根发芽、开花结果。我翻出藏着的几颗莲子，黑色的外壳，极硬，如果种在污泥里，它会不会开出一枝荷花来？

　　国学大师季羡林曾经用五六颗莲子种出一池荷花来，我亦取来铁锤，在莲子上轻轻砸开一条缝，放在温水里浸泡，待发芽后放在装满污泥的盆里，沉入水底。于是，这个鱼池有了新的生命，似燃烧着情感的海洋，至于荷花能不能开放，答案容我以后揭晓。

微微有些凉

秋凉如水。

身边忽然多了一些生病的人，有的是朋友，有的是同事，有的是邻居。明明前几天刚刚见过，突然之间闻说病了，且多为恶病绝症之类，心里就唏嘘着，仿佛与他们就要生生分离似的。

一般人生病，去了医院，十有八九会治愈。

缎子生了病，自然要医治。她得的是宫颈癌，可最后因拒绝化疗，而比别人提前羽化而去。是的，羽化。这个词用在她身上，我觉得非常妥帖。

缎子很漂亮，娇艳丰满，肤如凝脂，是一个用绸缎做的女子。如果非要拿谁来比拟的话，应该是杨贵妃那一类。

她的传奇，有点像现实版的"灰姑娘"。

缎子原是一家招待所的服务员。20 世纪 80 年代，上档次的招待所，县城仅此一家，有头有脸的人物都来此吃住。一个当地有名的乡镇企业家看中了她，郎财女貌，结了秦晋之好。人们都说她攀上了高枝，与"王子"过上了幸福生活。后来，她的"王子"出事了，因经济问题而远走他乡，一直杳无音信。

认识她的时候，她正孤身一人，在一家做丝绸内衣的企业里负责销售。乍一见，心里一惊，这女人太有质感，很适合与丝绸为伍！

有道是，女人看女人，特别是见了貌美的女人，不是相惜，便是相斥。对温婉却不张扬的缎子，虽然没有相惜到骨子里，但我一定不会排斥她。

后来这家企业开了一个门市部，缎子就经常在店里招呼生意。偶尔去店里看看衣服看看她，偶尔也会与朋友一起说说这个漂亮女人。有一次说到缎子去整容，据说不是整脸，而是整了一双手，手背上做了几个小酒窝。

白玉葱般的手指，明媚的眼眸，红艳艳的嘴唇……眼前掠过缎子的模样。

一次去店里买衣服，她送了我一件黑色的真丝吊带睡衣，是真正桑蚕丝做的，蚕丝的味道淡淡飘来，会让人想起雪白的蚕茧。这衣服很贴身，也性感，那时舍不得多穿，后来却是顾不上穿，过去了近二十年，衣服还躺衣柜里，不新不旧，一如从前。

我知道，我虽然在店里买了衣服，但不值要附送我一件内衣的。其实，我们只是点头之交，不是惺惺相惜的朋友。而从那一刻，我觉得她是性情中人，与生意场上的势利女子不一样。

暗暗地，对她生出一份好感来，不过只是放在心底，像欣赏一块绸缎一样。

听到她逝世的消息，已经过了一些时日了。从发现病症到去世，只有三个多月，而她拒绝化疗的原因是：怕头发掉光，影响容貌。

我心里着实一惊。

爱美的女子，活到最后，也要留住美丽的一面。宁愿失去生命，也要

追求极致的完美。

想到了陈晓旭，因演"林妹妹"一炮走红的陈晓旭，因为患乳腺癌拒绝治疗，身家几亿的她无论花多少钱都可以，但她就是不想。她说，西医治完又得化疗，人就不成样子了，我不愿意那样，我选择死亡。简直是太爱美了，动手术她不干，把身体弄得七零八落，她不愿意。

还想到了张爱玲，活到最后的张爱玲。因为老了，她不见任何人，她不想别人看到她老了的容颜，她甚至不与人来往，即便她的助手，也要通过纸条与她往来。她死时，是一个人孤零零上路的。

几近残酷的完美，缥缈而艳绝。是的，她们只想把最美留在人世，留下永远年轻美貌的模样。所以我相信，她们离开的时候，也一定是羽化着飘向天堂的。

"天山共色，水天里，只有我，只有伊人。就像冰凉的秋夜里，慢慢地寻一块旧日绸缎，忽然遇到了，摸着了，水一样凉。原来，这艳红的绸缎也会老啊，还记得它是新红，在身上娇羞地笑；还记得他扶了她的腰，在镜前端然地羞……"

怅然之间，碰巧遇到了雪小禅这一段美丽的文字，又艳又寂，心里便微微有些凉了。

喜欢之心

几天前，去哥弟服装店转了转，小姑娘友好地招呼：姐，好久不见了。我笑了笑，说是的，好久没来了。

曾经执意地喜欢这个品牌，买过好些衣服，忽然不喜欢了，很长时间没去。有时候，店家发来信息，提醒有新款。但是不去，不喜欢就不喜欢了，也许是他们的风格变了，或者是我的口味变了。

倒是经常惦记一家棉麻店，有事无事常去看看。城里有数不清的店，但最喜欢的就那么几家。虽然平时爱闲逛，一家家逛过去，也不买什么，最后掏钱包的往往就是这几家。

也喜欢过一家工厂店，做的都是尾单，很讨巧的款。王姐又是热心肠，微信朋友圈里一发，熬不住心动，急匆匆地开车过去，简直像淘了宝

似的，小姐妹们每次都捧一堆回来。王姐会送条丝巾，五彩缤纷地在颈间飘扬。

大概是隔了一些时日了，再去，像久别的亲人一般。王姐会给一个热烈的拥抱，把所有我们喜欢的款，甚至客户刚下的订单拿过来，喜滋滋的样子，好似一个久违的老朋友。

喜欢了她的服装，也喜欢上了她。也许是上了年纪的缘故，好朋友只是原来几个，也不想再与其他人往来，一是怕麻烦，二是怕一大堆人在一起，空虚的热闹——与人交往免不了将就和容忍，如今连这点将就和容忍也是不肯了的。

越来越不喜欢热闹了，也不愿意在酒桌上浪费时间。人家请你喝酒，除了相熟的故友，一般懒得去。一位认识了十多年的朋友，因为工作关系，以前一起喝酒，一定不醉不休，突然间遇到了，啊哈，好久不见。然后一次请喝酒，叫了我，我犹豫了一阵子，想想还是去了，酒是不喝的，一大桌子坐着，全然找不到当初融洽热闹的气氛。

与不相干的人坐在一起，喝酒是没有快意的。尤其是与所谓的领导或者客户在一起，脸上赔着笑，心里打着小九九。除非喝出个醉意来，气氛是高潮了，但要小心的是，你的行为有无失态。

朋友之间，喝酒还是喝茶，都好。春风微醺的晚上，约三五知己坐在临窗的咖啡馆，煮一壶水果茶，来一盘瓜子，轻松随意，嗑的是家常琐事，天南海北地胡侃，也觉得不是浪费。曾经跟朋友去玩，一大帮人热热闹闹，说着一些不着边际的话，他们兴高采烈，神采飞扬，我呆坐一隅，想，怎么有许多说不完的废话?!

喜欢之心，随境而生，最好的境界是不委屈自己。为什么知己没有几个? 为什么要花钱购置自己心仪的东西? 如今的女人想得通，来世上走一遭，不能委屈自己，自己喜欢的才是要紧的。

　　对所爱之人和心爱之物，只有喜欢了，才是值得的；若是不喜欢，说一句话都是多余，应酬更是不必要的了。

　　拥有一颗喜欢之心，其实也很简单，不求太贵太好，只是喜欢。一个民国荷花盘，一件真丝旗袍，一场说走就走的旅行，一段风花雪月的爱情，统统是令人喜欢的事。就像现在的午后，我敲着电脑键盘，喝一杯卡布奇诺，写一个喜欢的故事，一个下午的光阴悠然过去了。

078 ·
繁华如锦的
那一场
相遇
NA YICHANG
FANHUARUJIN DE
XIANGYU

三姐姓尤

三姐，当然是尤三姐了，《红楼梦》里轰轰烈烈的尤三姐。

大观园里的女孩子，似乎都没好命，花样年华就死路一条，且死法各有不同。林黛玉吐血而死，尤二姐吞金自尽，金钏儿跳井自杀，尤三姐拔起鸳鸯剑，一剑封喉。

果敢而刚烈，唯有三姐。

鸳鸯剑原是信物，是柳湘莲赠予她的。这小柳哥是江湖豪侠，生得美，最喜串戏，是一个业余戏剧演员，台上功夫十分了得，算得上大明星，三姐像如今的铁杆粉丝一样，迷上了心中的偶像。"他一年不来等一年，十年不来等十年，这辈子绝对不嫁第二个男人。"三姐放言。

贾琏这厮自己得不了手，也巴不得三姐嫁掉，一次遇到柳湘莲，顺势做了媒。柳湘莲一把鸳鸯剑托其带了回来，眼看一件好事大功告成。

好事多磨，磨出来的却不是好事。贾宝玉口无遮拦，无意中的一句话，断了柳湘莲的念想。"她是珍大嫂子的继母带来的两位妹子，我在那里和她们混了一个月，怎么不知？真真一对尤物，她又姓尤。"

这贾府，除了门前的两个石头狮子是干净的，只怕连猫儿狗儿都不干净。这小柳哥一时气极，不想做剩忘八，决意要退婚，退回定情鸳鸯剑。

尤家姐妹寄人篱下，二姐懦弱和善，三姐却刚烈泼辣。如果穿越到现代，三姐一定是一位个性张扬、敢说敢做的香艳女子。她顶着染红了的爆炸头，眼影腮红浓墨重彩，酥胸半露，裙子超短，指甲涂抹得极艳，食指间夹着一支烟，烟雾缭绕处，一颗蠢蠢欲动的心。

三姐终归有点叛逆，或者说是胡闹，喜欢新鲜刺激的玩意儿，迪吧、歌厅里也能见其影。大染缸里混出来的女子，再怎么着也沾点颜色了。更因为人家当她风尘女子，陪酒陪玩什么的，甚至还生出"包二奶"之意。三姐明白自己的处境，混着混着便不想再混了，贾府男人没好货，三姐心里流着苦水，她终于忍不住了。

野马般烈性子的三姐，"闹宴"里有精彩一段。陪酒的三姐柳眉轻笼，风流绰约，见贾珍贾琏又来轻薄，她索性开怀畅饮，又拿着酒瓶子搂着贾琏灌，接着杏眼圆睁，拿他们百般嘲笑，其妖艳泼辣的劲儿，硬是吓醒了两个花花肚肠的公子哥，三姐还不过瘾，一脚把他们撵出门去。那场畅快淋漓的戏，简直像夏天的冰激凌，怎一个爽字了得！

恨极而浪。必须救赎。

三姐最惦念的人是柳湘莲，她指望与自己的小柳哥鸳鸯成双，一起笑傲江湖。绣房床前挂着的鸳鸯剑，是爱情的全部。她不再胡闹，痴痴地爱着等着，等着小柳哥的大红花轿到门前。

这世上，最怕有真爱，一根羽毛有了爱情也会泰山压顶。尽管，他们只是一面之缘,他在唱戏,她在看戏,粉丝爱上了偶像,美人爱上了英雄;但柳湘莲解读不了三姐情感深处的密码。当时没有手机,也没有微信,心迹无法表白,一桩婚事的撮合和分离,单凭中间人的三言两语。

说实话,小柳哥不过是一个俗世男人,听不得流言,无法容忍爱人的一点瑕疵,执意讨还祖传鸳鸯剑。三姐的心碎了,当着柳湘莲的面,横剑一刎。

揉碎桃花红满地,玉山倾倒再难扶!

人间尤物,三姐留名。

杜拉斯是个异数

一个女人，一个不按常规出牌的女人，在世俗眼里，肯定是不要好的女人。

她吸毒酗酒，她狂躁暴力，她傍过大款，养过小白脸，浪漫史一辈子不断。这些危险的爱好犹如一枝罂粟，妖艳，有毒，惊世骇俗。

杜拉斯，这位出生在越南的法国女作家，一生跌宕动荡，一生极致绝恋。她有句名言：如果我不是作家，就是一个妓女。

20世纪20年代末，15岁的少女，因为贫困，也因为春心荡漾，在湄公河的轮渡上，她邂逅了一位来自中国北方的富家子弟，遭遇了人生第一场爱情。这位中国男人帮助她家渡过难关，也给了她肉体的欢愉。之后，永久的别离，无言的疼痛。在失去情人的刹那，她似乎感到痛在体内一丝丝蔓延，仿佛一朵盛开的玫瑰，片片凋零。直

至 50 年后，这桩隐秘的往事，被她写成了小说《情人》。

杜拉斯不仅仅是作家，还导演过电影《印度之歌》和《孩子们》，她写的剧本《广岛之恋》，更是电影史上的一颗明珠。从某种程度上说，她的作品影响了中国一代作家，尤其是一些前卫的女性作家，如林白、陈染、卫慧、棉棉、木子美等。她们开始仿创，从心理隐私、性爱欲望、一夜情等等，展开女性化私人化的创作。然而，她们被骂了，骂得一脸狗血，像咸鱼一样，几乎没有翻身的余地。

有人说，这是国别的差异，法国是个浪漫的国度，而中国的开放，仅仅是几十年而已。而我觉得，杜拉斯的文字高度，非常人能望其项背，其生活状态，常人不及她的万分之一。

谁敢说，自己活到七八十岁，会有一个小她四十岁的男子迷恋她，追随她，与她不离不弃，做她唯一的情人。

实在想象不出，这位满脸皱纹、牙齿脱落的老女人，有多少吸引人的魅力。去网上搜寻她的照片，有几张青春美丽的，更多的是老去的难看的照片，个头矮小、身材变形，有点像巫婆。再仔细品味，那老了的容颜里，有一种风骨，有一股妖气，更有一种傲然和决绝。

"我一直都认识你，大家都说你年轻时是个美人儿，但是我今天想告诉你，我觉得现在的你比年轻时更漂亮。和你年轻时比起来，我比较喜欢你现在的容貌，历经风霜的容貌。"那是 1980 年，27 岁的杨·安德烈亚说的一段话，而此时，杜拉斯已是 67 岁了。

被频繁的书信所打动，杜拉斯终于敞开了心门，于是这位年轻人留在了她身边，做了她的读者、她的秘书、她的司机，甚至她的奴隶，她的一辈子情人。这个妖冶到极致的女人，也展示着善妒暴力的倾向，不容他人涉足。"她要的是全部的我，全部的爱，包括死亡。"杨后来在《我偷爱》里写道。

因为杜拉斯善妒如狂，除她之外，杨不能有别的，不能与家人联系，连看望老母也不能。爱之深，情之真，杨才能如此默默承受，直到 82 岁杜拉斯死后，杨永远消失，成为她最后的一个情人。

真是了得，这一个爱情的暴君，书写的王者。

像杜拉斯一样生活，像杜拉斯一样被爱。有多少女人心里想着，喊着，但，亲爱的杜拉斯，像你一样生活，实在是个很大的难题。

杜拉斯，注定是一个异数。

傻人傻福

谁会喜欢傻气一点的人？

估计没有人举手。如若，聪明不被聪明误，无论如何也比傻帽好上几百倍。

《三国演义》里的周瑜，聪明过人，使用美人计，利用孙权之妹招赘并软禁刘备为人质，进而要挟诸葛亮等交还荆州。这一骗局，被诸葛亮识破，结果是赔了夫人又折兵。

周瑜到底是玩不过诸葛亮的，不被他玩死就是被气死。没办法，"既生瑜，何生亮！"仿佛诸葛亮是他命里的克星，"三气"之下，竟一命呜呼。

36岁的年纪，英姿勃发的周瑜谢世而去。他的对手诸葛亮还活着，貌似羽扇纶巾，指点江山，风光无限，但也活得累。这是一个典型的工作狂，从27岁"受命于败军之际"，到54岁去世，都是在征战中度日的，他绞尽脑汁，心力交瘁，还事无巨细，一概包揽，拖着病躯至死不肯下战场。诸葛亮用自己的健康去换取事业，与其说是病死，不如说累死更为确切。

越是聪明的有念想的人，越是活得累。凡事太计较，太顶真，烦心的事儿就多，擦不干净的麻烦也多；身累心累，累到大脑抽筋，晚上睡觉还继续白天的梦。这样活着，连自己也觉得对不起自己。

生病了就歇菜吧，该放手时且放手吧，抓住大方向就可以了。有时候，人还是傻一点好，单纯的人比较容易幸福。郑板桥曾留下两句名言，一句是"难得糊涂"，另一句是"吃亏是福"。吃亏的似乎是傻人一枚，但往往是有福之人。

这里所说的傻人，是指那些待人真诚厚道，做事本分的人，因为少计较，少猜忌，不投机取巧，所以更能得到别人的器重。金庸比较青睐两种人，一种是资质愚钝、性格耿直宽厚的人，一种是随遇而安、随缘之人。他们在金庸的笔下往往运气特别好。比如郭靖这个愣头青，耿直忠厚，老实得冒傻气，却又傻得深入人心，一路过来总遇贵人，几个武林大虾都传授他武艺，两位美貌姑娘对他万分痴情，最终成就了一番英雄事业。

真乃"傻人傻福"之典范也。

再来看看那英，这位中国著名女歌手，闯荡娱乐圈那么多年，豪放的性格、大大咧咧的个性，在各种公共场合也会"得罪"人，但那份难得的真和"傻"，使那姐在娱乐圈里的地位未有撼动。"中国好声音"第三季刚刚开始，每一季她都是导师，这一季也是。她与其他导师抢心仪选手的劲头，让人忍不住笑喷，虽然动作夸张，但有一份真诚在里面，特别容易打动人。

看到一个资料里，盘点娱乐圈里"没心没肺"却"傻人傻福"的十大女星，那姐算一个。确实是，不但自己开心，还能给人带来欢乐，这样"没心没肺"的人，谁不喜欢啊！关键的是，这样的人常常特别有福气。

086 ·
繁华如锦的
那一场 相遇
NA YICHANG
FANHUARUJIN DE
XIANGYU

老去的不是光阴 ——

　　山还是那座山，水还是那湖水，易了春秋的，是坐在岸边的人。

　　坐着坐着，便觉日子虚妄，像青草像流水，从指间悄然滑落。再看看身边，忽喇喇地冒出一批青葱少年，仿佛花儿一样，只管青春洋溢，只管花枝烂漫。

　　其实，每个人都曾经年轻恣意。年少时，喜欢王文娟演的越剧《红楼梦》中的林妹妹，果真是从天下掉下来的，仙女一般，百看不厌，那唱腔软绵滑糯，似在丝绸上滑行，在无边的黑夜里散发出莫名的幽香。"你是谁家窈窕娘，因何月夜到书房？"《追鱼》里的窈窕娘，就是王文娟演的鲤鱼精，据说演这戏时，王文娟已36岁。当初的感觉很是惊心：如此"高龄"居然可以演妙龄少女，居然还是那么漂亮！再看看身边36岁的大妈们，唉，一比一个痛啊！

在年轻人眼里，奔四奔五的年纪简直就是老古董了，再活泼亮丽，也只能是活化石，可以直接进入历史博物馆了。而这一把年纪的人，都不服老，死皮赖脸地占据枝头，拖一日是一日，不肯轻易落掉。"我每天对自己说，只有35岁。"贞子就是一例，哪怕走在奔五的路上，还要活出自己的青春。不是说青春无敌么，跟年轻人一起，玩的就是心跳，这样的心态到底要点个赞的。

倪萍与赵忠祥曾经是春晚绝配，这位煽情的女主持无可奈何地老去了。54岁那年，她去菜市场买菜，被小贩一眼认出，随即一把拉住，热泪奔涌地问她是不是日子过得不好？要不为什么这样显老？

美人迟暮，情何以堪。不管倪萍过得好不好，不管倪萍有没有化妆，但岁月的确在她身上留下明显擦痕。看到过一张倪萍的照片，胖胖的脸庞，鼓起来的腮帮子，一缕散落的头发，松松垮垮的身材，怎么看都是"大妈"型的。55岁那年，倪萍回到阔别十年的央视主持大型公益栏目《等着我》，据说是打过瘦脸针了，但看上去还有点显老。不过，大牌就是大牌，栏目很受欢迎，打动观众的不是靠脸，而是她不加修饰的容颜和让人泪奔的真情。

与"褪色严重"的倪萍不同，刘晓庆就是一个很会打理自己的人。前不久，这位著名影星又高调出镜，以60岁的"高龄"风光出嫁美国，新郎是将门之后、香港商人，对她一往情深，追求多年。婚纱照上的刘晓庆，皮肤光洁，细腰一把，简直是一个逆生长的老妖精啊。

本来，刘晓庆新闻不断，此举一出，更是哗然，有网友发帖：我14岁的时候，她是这样；我24岁的时候，她是这样；我34岁的时候，她是这样；我44岁的时候，她还是这样……这个女人，她把我们一个个都熬老了，只有她自己，还是这样，羡慕嫉妒恨……

就算你恨她千遍万遍，庆姐还是庆姐。她是从苦难和挫折中摸爬过来

的，曾受人仰慕，也曾遭人唾弃，四次婚姻三次离婚，还进监狱蹲过大牢，要是别人家早已垮掉了，而她硬是挺了过来。

"种种美容之道，最有效的一条是心宽。"刘晓庆心态好，是她成功和美容的秘诀。看来，这个不老妖精还有本事继续她的青春事业。

也许，在某些人眼里，老去的不是光阴。

烟花易冷

　　志良发起成立了中国微印社，第七专辑的命题就是：烟花易冷。而他雕刻的这几个字我特别喜欢：印泥中蘸了鲜艳的红，落在白色宣纸上，美到极致，像一个绝色女子，占尽梅枝，繁华落尽，在冬日清洌的风中，嗖嗖地凉。

　　烟花易冷，非常有感觉的一个词啊。脑海里浮现的不是女人，而是一个叫张国荣的男人，他像一朵花，长得精致，长得清雅，男人的躯壳里分明有一些女性特质。都说他是忧郁型的，眉梢眼角间飘着若有若无的忧伤，一丝一丝渗透出来；都说他是抑郁症自杀的，难道这些特质都隐含着难解的玄机？

　　那天是西方传统的"愚人节"，我在杭州，正好坐在一辆出租车上，车上开着收音机，一个女播的声音说，香港知名艺人张国荣跳楼自杀。近

NA YICHANG
FANHUARUJIN DE
XIANGYU
繁华如锦的
那一场 相遇

090 ·

似愚人的一条消息，是真的吗？假如不是亲耳听见，我一定以为是谁的恶作剧。有这种感觉的非我一人，甚至所有人都以为"张国荣死了"只是"愚人节"的一个玩笑。但毕竟，人们心目中的哥哥走了。这一走已然11年了。

我不是张迷，也不是特别喜欢张国荣的作品。只是这个哥哥，看过一眼就难忘，恍如琉璃世界中走来的一个天人，华丽丽又清清然，挥手瞬间又悠然消失，像一个梦。最美不过烟花色，此句形容他最为妥帖了。

唱歌出了名，演戏也出了名，这位香港歌坛和影坛的巨星，实在被上帝宠爱惯了，风情万种，忧郁妖娆，摆在哪里都是尤物一个。《霸王别姬》里演程蝶衣，头戴凤冠，凌波微步，扮的青衣阴柔妩媚，比女人还女人。记得他演《阿飞正传》，一脸的颓废，一脸的不经意，往床上一躺就是一幅画，明明糜烂如斯，却有数不尽的优雅。只见他身穿一件白色背心，一条白色短裤，叼着一支烟，闲散地走到镜子前，把额前的头发习惯地向后捋了捋，一边走一边说着：

> "世界上有一种鸟是没有脚的，它只可以这样飞啊飞，飞得累了便在风里睡觉，这种鸟儿一辈子只可以落地一次，那一次就是它死的时候。"

一语成谶。当一个轻盈的身躯腾空而起，像一只鸟一样随风而舞，只是风没有承受住他的重量，这只没有脚的小鸟在落地的那一刻，注定与死亡相遇。

哥哥死亡的原因，终究留下许多谜团。人们只看到他辉煌灿烂的一面，谁也不知道他内心的挣扎和凄凉，那一刻，也许是翅膀倦了，飘得累了，便落地为尘，化土。

任性，却又决绝。

鲁迅先生说，悲剧是将美好的东西毁灭给人看。烟花易冷，落地成伤，那些曾经的美好终将逝去，曾经的华彩人生又算些什么？不过是浮华人事里一场浮夸的梦而已。

如烟花般绽放，在最美的那一刻凋落。哥哥枯萎了，哥哥再也不会醒来，没有闭上的眼睛在夜空中闪亮，他的梦是最美的星光么？

有才就是任性

"吾误为书生，别无所长，四十余
年，唯有书画。自视清高，实为狂傲。
想我笔下明珠，岂可闲掷闲抛。吾本逍
遥自在，并非无欲无求。山野之人，饱
饮春风。自订润格，特此公告。"

新年伊始，俞国儿的书画开始明码标价。文
人大都羞于谈钱论商，说起自己的作品价格，总
是一副欲语还休、半遮琵琶的模样。国儿性率胆
壮，因为索书太多，只能公而告之，或以变卖现
钱，或以交换宣纸。

国儿不缺钱，供着一份银行职员的高薪。闲
了写字画画，不闲也要变着法儿写写画画，因为
骨子里的喜欢，没办法。

醉墨堂是俞国儿的书斋名，从这几个字里，

看得出他是个性情中人。确实也是，国儿为人豪爽，颇有几分酒量，如果趁着酒兴挥毫，旁若无人纵笔而书，字里行间定有放浪形骸之风。仿佛喝酒的李白，几碗下去，胆气浩然，诗兴勃发，而国儿吐出的是墨之珍宝。

中国书法博大精深，非一番苦功难学得精透。每每遇上狂草之类的书贴，一个个汉字在书法家手里，变成了会飞的龙能舞的凤，总是抓不住它的翅膀。我如同一位无知的学生，难以完整地读此"天书"，又不敢不懂装懂，唯有敬仰的份儿。国儿书法师从孙正和，喜作隶书，尤擅行草，其笔法遒劲，骨力开张，以气势取胜。有几次雅聚，现场见过他写字，酒没喝，话不多，捉起笔来，埋头就写，浓淡聚散，洒脱自如。

书法一写就是40多年，俞国儿学画才两年，而且无师自通。有人说，画画比书法容易，当然画得好也是难的。去年春天，我陪朋友去同文画社学画，居然慢慢喜欢上画画的感觉了。恰好，正是国儿画兴甚浓、大画特画的时候，于是便对他的画产生了兴趣，每次发在微信上，总要仔细端详一番。

国儿学画，简直到了自谴状态，用他自己的话说是，一天不画就难受。最快的时候，10分钟就能画出一幅，一天要画10多幅，两年来总共画了7000多幅。就在年前，新昌博物馆专门为他举办了个人书画展，其中有一部分是这两年的画作。

他偏爱大写意，用笔浓重，喜欢沉郁苍茫、大气磅礴的山水。起初看他的画，只觉得画得太满，似乎让人透不过气来，他说饱满是一种特质，也是一种风格。我窃以为，画是要有点留白的。

记得雪小禅说过，中国山水画，倘若没有留白，笔墨之间，倘若没有飞白，那画，就是死在柜子上的金凤凰，再金贵，也飞不起来。不知从什么时候起，发现国儿的画居然都留白了。他爱用焦墨彩染，大片大片的墨泼散开来，因为多了一些飞白，就多了一份想象，情浓情淡之间，像自恋

的人到了极致，只有笔墨，只有他自己，在空旷的山野里呼风唤雨。

　　国儿也写诗，古诗、宋词、元曲都会来一手。一次他与我说，要发起成立中国微诗社，每日一题以古诗应和，微信上呼朋唤友，附和者颇多，轰轰烈烈地玩了一些时日，过后便无声无息。而他每天依然作画，依然在朋友圈里发。看来，他的兴趣还在于书画，在于浓墨重彩的欢喜之中。

心存善念，便是春天

这条黑短裙我极喜欢。穿上这条裙子，就有一个女人的影子跳出来。

女人是个商人，在横街的转角处经营着一爿服装店。我平时爱逛店，一逛便不知时间去哪里了。而偏偏忽略了这个不起眼的服装店，我承认我的眼光有点走偏。

是女人的老公带了我去。一日中午，忽然发现羊绒衫破了一个洞，去找一个店铺补。这店以补衣修裤为主，当然还卖一些内衣、袜子之类的小东西，那天不知店主心情不好，还是别的什么原因，她随便找了个借口回绝了我。恰巧旁边站着一个男人，他说叫我老婆去补吧，她曾经在羊毛衫厂待过。

跟着男人来到服装店。女人长发披肩，正低头绣着十字绣，她看了看我的羊绒衫，说可以补，只怕线的颜色会有偏差。我隔天去拿，要付钱，她不肯收，说店里生意不怎么好，闲着也是闲着，你喜欢就好了。

素不相识的一个人，总不能白沾了人家的。我思忖着要买点东西，左看右看，也没有好的衣服入我法眼，随手买了一条包裙。随手做的事就是不入心，不喜欢穿，放着又碍眼，纠结了好些天，想想还是去换条裙子。

再去那家服装店，见到了依旧笑盈盈的女人，刚巧她进了货，衣架上挂得满满的，猛然间，一条欧根纱小黑裙落到了眼中，裙子不长，小朵的刺绣隐约缀在裙边，黑色的金丝绒含蓄地露出一截，既典雅又时尚。像是偶然相遇，又似前世注定，喜欢，真叫人喜欢啊。

遇上自己喜爱之物，犹如遇上真爱一般，再也没有理由拒绝。冥冥之中，注定要发生的一个故事，你花了很长很长的时间，总是找不到他，但是一转身，在某个街边的拐角，他却冲你一笑。

比如这条黑裙子。

我应该感恩给我带来缘分的那个女人，应该感恩那么一掠而过的善念。

其实，她做的事很小，甚至微不足道，于她而言也许是举手之劳，而我呢，如果一走了之也便罢了，但偏偏我不想受人之惠，于是有了这些枝枝蔓蔓的故事，于是有了这条我深深喜爱的黑裙子。

红尘滚滚，过客匆匆。当我们不求回报、发自内心地做了一件好事，哪怕是一件微乎其微的小事，你心中善的种子会得到滋养，心也会因此而更快乐。而且，善良也有再生功能，善良可以产生善良，你善良了我也会善良，一个人的善良可以变成两个人的善良、三个人的善良……最后是整个社会的善良。

有道是，勿以恶小而为之，勿以善小而不为。小善念犹如夕阳下被风吹起的金色沙粒，尽管渺小，但它们缓缓流动的弧线交错辉映，成为晚霞中最美最亮眼的波纹。

善良是佛前的一朵莲花。在纷繁烦琐的尘世之中，如若放低身段，心存善念，用一颗感恩之心去倾听世间万物，生活就会一寸一寸、一尺一尺灿烂明媚，繁花如锦。

咖啡味道

　　朋友圈里多是茶人，喊喝茶的概率比请咖啡的人多。因而，咖啡情结一直隐藏在某个角落里，我不喊，它兀自幽暗着，不来，也不曾走。

　　这几日，忽然有点惦念了，几乎天天泡杯咖啡，一任思绪如烟，静静消磨一段时光。

　　小城的咖啡馆不多，只有三四家，不像茶楼遍地开花，雅俗都有；其实咖啡馆多了也不好，多了就没有贵气了。

　　咖啡馆最容易勾心的。不要很大很宽敞，最好生长于某个城市的拐角处，在忽明忽暗的灯光中，等待一个夜归的人。选一个靠窗的位子，低回的音乐缓缓地回荡着，及至端上一杯，香气、酸度、醇度一吻合，咖啡的整体感觉便呼之欲出。

　　极喜欢热腾腾的咖啡。小口地品着，看着，闻着，任那香滑的液体在口中肆虐弥漫，甚至弥漫到四周,弥漫到窗外。那种苦苦的带有焙烘气息的感觉,连同音乐一起流进心里,令人沉醉。

有个女友,一见咖啡馆就迈不动步了,不管有多要紧的事,非要喝一杯不可。她说,喝咖啡不能用勺子舀,勺子是用来搅拌的;要喝出优雅来,这个必须懂。

好吧,就喝一杯吧。喝咖啡,喝的是心境,必须找个理由,必须找个合适的人一起,慢慢煮一壶咖啡,然后有一个话题,怀旧或是憧憬都可以,喝出的都是咖啡味道。

以前喜欢喝摩卡,一成不变地喜欢。后来在一家咖啡馆里翻书,翻到了一篇卡布奇诺的故事。

小伙子是德国小镇卜酒吧里的一个咖啡师,不但能熬出好喝的咖啡,还能调出各种各样鸡尾酒。有一天,来了一名年轻漂亮的法国空姐,要了一杯咖啡,再要了一杯酒,一来二去,两人聊得很开心。每隔一段时间,空姐都会来,每次都点一杯咖啡和一杯美酒,再和小伙子聊一会儿。小伙子已经深深地爱上她了,但一直没有勇气说出来。而当他终于表白了以后,空姐就再也没有来过。

因为相信缘分,因为爱情的力量,小伙子飞往法国,但他始终没有找到这位空姐。他每天在吧台里期待着,相信空姐一定会来。有一次突然灵感闪现,他想用咖啡和酒混合一起,调制出另一种咖啡的味道。但这两种不同性质不同味道的物质能完美结合吗?他一次次试验,一次次失败……正在努力调试之时,接到了空姐朋友的一封信,告诉他空姐已遇难,在她离世的时候最牵挂的人就是他。小伙子心如刀割,泪水无声地落下来,落到了那杯还没有调试好的美酒咖啡里。

端起这杯咖啡,香醇苦涩,却有爱的味道。小伙子把这杯美酒咖啡取名为卡布奇诺,寓意甜中带苦,却又始终如一的味道。

与爱情沾上边，一些事物便变得美好起来。就像年少时喜欢一个人，从远处走来，面容纯净，散发着阳光气息，然后陌上花开，然后相遇，一段美好而奢侈的爱情，修饰着纯白时光的平淡和落寞。

真心相爱，未必花好月圆；认真的开始，或许是个潦草的结局。人世间的情爱犹如卡布奇诺，有苦有甜，但它神秘深邃的香气和独特魅力的味道，难道不更有诱惑力吗？

股市那么火

炒股，炒股。股市那么火，你想去看看吗？

看的人有，玩的人也挺多的。都说赚了，不赚白不赚，这天下掉馅饼的事儿，玩者皆有份啊。

谁都想削尖脑袋拼一下，哪怕一点不懂的人都奋不顾身扑进去了。股海浩荡，广纳有钱之士，无边无际的诱惑，像一头巨大的怪兽，张开大嘴。

似乎到了"人人皆股"的年头。如果你不炒股，连与人聊的话题都没有，只有干巴巴地坐着，听一头雾水。有个朋友一直唠叨这个事，看着人家急切切地扑腾去了，她终究是熬不过，仿佛赶潮流似的，悄然拿出自己的积蓄小搞搞，什么跌停、停牌、被套、割肉等基本术语也没搞清楚，先在股市"混个脸熟"。然后又委托人家去炒，买进卖出皆不管，只想坐收"渔翁之利"。

仔细摸排了一下，身边的人十有八九在炒股，不是你炒，就是家里人在炒；QQ群、朋友圈、微博，处处氤氲着股市气息。随着股市的涨跌，蔓延着挂彩的，或是飘红的心情，连我这个门外汉几乎被"套"，硬生生地灌进去几个专业"股语"。

一入股市深似海。尽管股市千变万化，变幻莫测，但股民依然只进不出，忙忙碌碌，天天蹲在电脑前玩个心跳。有人说，炒股就是找苦。但他们乐意，看着自己的钱成倍飞涨，日进斗金，或者买了跌卖了涨，捂着不涨抛了就涨，捡了西瓜丢了芝麻，诸如过山车一样的心情，像小孩玩的游戏被放大了。当然，趋之若鹜炒一把的目的，无非是想赚钱而已。

但明摆着，钱不是那么容易赚的。有赚有赔是硬道理。我总觉得那么大的一个盘子，一直涨涨涨挺不是那回事。前阵子朋友们都说赚赚赚了，一直轮流着请客。股市赚钱了，赚来的钱就花掉吧。我等看客有吃的份儿，但操着闲心，万一亏了呢，是不是要把我们吃进肚子里的盈利吐出来啊。

果真到了"5·28"这个黑色的日子，股市大跌，股民一下子愁云惨雾，后悔没在大震荡前跑掉，最终被套。跌了就后悔，跌了怪人家没提示，跌了怪主力太狡猾，跌了怪政策不护盘，甚至有人大喊要跳楼。而真的有人跳楼了，最热闹的一则报道是长沙一股民因炒股170万元买进一只股票，分分钟赔光，两天内亏损完毕，从22楼纵身跳下身亡，尽管后来家人出来声明，并非因炒股失利而跳，但多少还是惊醒了世人一颗敏感而天真的心。

水满则溢，月满则亏，股市也是如此。万千股民都明白这个道理，但就是按捺不住一颗蠢蠢欲动的心，"明知山有虎，偏向虎山行"，毅然把身家性命押到股市一搏，结果是账户缩水，头发脱掉，除了脾气长了啥都没有。

"大多数人赚到了第一桶金，又想到了第二桶金，最后前面的都赔光，这就是人性。"台湾名嘴陈文茜其实也是一个保守理财者，她认为个人理财的最大秘诀是分散风险，不让资金集中在同一个篮子里；除此之外，就是一定要拿出你的余钱才做投资。

　　这话倒也中听。最后我想加一句，要想在波涛汹涌的股海里生存，玩的不是心跳，而是心态。

104 ·
NA YICHANG
FANHUARUJIN DE
XIANGYU
繁华如锦的
那一场 相遇

天青色等烟雨，而我在等你

这个夏天，周杰伦会很火。

第四季《中国好声音》首播一开始，周杰伦不由分说地火了，像柔中带刚的双节棍，在烟味弥漫中，气沉丹田，一个漂亮的回旋踢，轻松地盖过了其他三位导师，连竞唱选手的风头也被他压了下去，满屏都是一个主题：周杰伦、周杰伦、周杰伦……

千军万马难敌周董莞尔一笑。

首次听周杰伦的歌是在10多年前，唱的是《双节棍》，像念经一样，咿咿呀呀、嘻嘻哈哈地不知唱些什么。这是唱歌吗？应该是念歌吧。反正听这歌我没法耐心，我简直怀疑杰伦这小子有口齿不清的毛病，倒是我儿子一天到晚拿着一根棍子，有模有样又念又唱。因此认定周杰伦的歌是小屁孩的喜欢，而我不。我们这一代喜欢经典老歌，入心入肺的怀旧歌曲。

直到有一天，突然听到了《东风破》，听到了《千里之外》，听到了《青花瓷》，听到了《发如雪》，听到了《菊花台》，一下子震撼了。

不仅仅是漂亮得让人心醉的歌词，还有周杰伦唱歌时颓废的样子，迷离的眼神，嘴唇微开，就吐出莲花来，吐出花一样的年华来。唱得轻柔，唱得婉转，如果再配以他的钢琴弹唱，果真天籁一般。

就这样为之入迷，像曾经迷恋过的张学友、刘德华、汪峰。

一次在歌厅唱歌，年过半百的书法家商力戈开口就唱《青花瓷》，居然惊为天人。怎么可以唱得如此之好，不仅仅是音质，还有那种漫不经心、随口吟唱的样子，轻轻荡漾开来，是那么贴切融合，有韵味。

后米听一位女老师唱《青花瓷》，却是打了折扣。老师字正腔圆，每一个吐字都很标准，很清晰，很像那么一回事，但没有打动我一丝一毫。

想起与周杰伦同台导师那英说的一句话，唱周杰伦的歌吐字不能太清楚。的确是，周杰伦就是这样，慵散的、随意的、不加修饰的，就像平日里说话那样平和，却有恰到好处的美；就像漫天飞过的无数蒲公英，你伸手抓住了其中的一朵，而这一朵正是你想要的那一朵。

有时候，唱得最好的歌不一定会打动你，而不经意间的歌，能表达你心情的旋律，往往容易引起共鸣。为什么周杰伦的歌会那么吸引人？为什么有那么多粉丝为之疯狂？道理就这样简单。

无法否定的是，周杰伦是个光芒四射的音乐才子。性格害羞内向，却造就他一种超酷的感觉；旷世才情，低调而不嚣张；更炫的是，那一首首懒散中带点淡淡悲伤的情调，简直是年轻一代梦中的自己。

周杰伦，想不红都难。

尤其是这个夏天，刚加盟到《中国好声音》导师行列，周杰伦就笑笑说："我会陪伴你们一整个夏天！"不知让多少粉丝们一脸痴迷流着口水。

　　天青色等烟雨，而我在等你。这个夏天，有了周杰伦，就像风吹着树叶在飘，像雨落进清澈的河里，无比凉爽。

亲爱的朋友圈

　　睡前最后一件事是看微信，醒来第一件事还是看微信。不管你刷不刷朋友圈，不管你点不点赞，这样的手势仿佛行云流水，习惯成自然。

　　于坚说，那种叫作手机的假肢已经安装在人类的身上，我们因此集体成为残疾人士……一只戒指就是戴上二十年，依然潜伏着喜新厌旧的危机。手机却不会，它会陪伴我们直到临终。是啊，如今的我们都患了手机依赖症，这玩意儿像粘胶一样拼命地贴着，想甩也甩不掉，如果有一天缺了它，就像丢了魂似的。

　　微信朋友圈是手机的欢场，那简直是一个大晒场啊，晒心情、晒美食、晒旅游、晒照片、晒心灵鸡汤……不仅把发霉的旧事晒出了新鲜味道，还把那所剩无几的隐私也挖出来晒了。越来越多的人喜欢在朋友圈里发布自己的生活场景，展示不一样的生活状态，打开朋友圈，仿佛打开了一个光怪陆离的世界，各种诱惑各种美。

有人说，刷朋友圈，刷的是存在感。为了证明自己的存在，即使不晒也要点赞，也要评论，遇上美妙段子，还要大笑三声。更奇葩的是，你不点赞，朋友会装作漫不经心似地问，我刚才有照片发朋友圈了，你看了没？赤裸裸地点拨你，快去点个赞！

点赞果真那么重要？有点儿。商家出奇招，说你集满多少个赞，可以来店换取什么什么的，多大的诱惑啊，即使不为几斗米折腰，也要为朋友两肋插刀，不加思索地点个赞吧，为的是给朋友一个面子。

朋友圈之火，成燎原之势。都说商机无处不在，商人无缝不钻，有了那么多朋友垫底，于是有一天，某些人突然转身微商，开起了微店，一天到晚刷刷刷，刷出来的都是单子，刷出来的都是白花花的票子啊。真想不到，玩朋友圈居然能玩出大生意来。

万能的朋友圈，没有办不到的事。倘若你办不到，那就转，一转二转的，总会转角遇到爱，遇到贵人。不是有许多找人的信息吗？不是有许多寻求帮助的帖子吗？本来身处绝境的他们，遇上朋友圈，一切都OK了。

亲爱的朋友圈，令人沉沦。爱着，笑着，也烦着，却舍不得离开。

想起一句说烂了的话：世界上最远的距离就是我就坐在你旁边，你却在低头看手机。多日不见的好友，明明坐在一起，吃也吃了，玩也玩了，但在吃喝玩乐的同时，念念不忘的是朋友圈，见缝插针地去点个赞，把屏幕朋友当成贴心的朋友。家人好不容易团聚，没说上几句，儿辈们忙不迭地拿出手机刷朋友圈，冷落了一旁的父母。

事实上，朋友圈毕竟是虚拟的社交圈子，圈里朋友并不是真正意义上的朋友，有很多人只是"伪朋友"，圈子复杂，"好友"也越来越杂，内容也越来越乱，要狠心"黑"掉一些朋友，要决然离开朋友圈，恐怕需要下很大决心。

前些日子，有一段《抬头》的视频在网上热转。这段视频用一个偶然的相遇、一个爱情故事来说明了"抬头"的意义，呼吁人们放下手机，抬起头来，去接触真实生活。此段子还真引起了共鸣。

朋友圈，亲爱的朋友们，做"低头族"太累。请调整方向，往上抬，再往上抬，做一做"抬头族"好不好？

我像你，但我不是你

把邓丽君唱得很像的女生，叫朗嘎拉姆。

第四季《中国好声音》，朗嘎拉姆是焦点之一，首期节目中演唱邓丽君的《千言万语》，简直惊呆，像！实在是像！好似邓丽君转世一般，给人一种好感和惊喜。最终的结果却让人失望，朗嘎拉姆居然成为当晚唯一没有导师转身的学员。

还好，还有复活赛可以期待。那姐一转身，朗嘎拉姆终于"复活"了。

其实，那英看中的是她的人气，朗嘎拉姆因为超级模仿邓丽君，人气一直领先，在她的"黄金小二班"里，甚至超过了走心型选手张磊。不幸的是，在导师对决中，朗嘎拉姆还是败下阵来，败给了周杰伦的学员陈梓童。

朗嘎拉姆，泰国华裔，今年16岁。身材不高，没有邓丽君的妩媚和漂亮，只是她的歌声直逼邓丽君，也正因为太"邓丽君"，反而难有更宽广的出路。音乐节目是一个复杂的娱乐综合体，导师选学员也要考虑各种因素。

我像你，但不是你。朗嘎拉姆应该选择自己的道路，走出不一样的自己。

20多年前，巩俐因张艺谋导演的《红高粱》而一炮打响，并被海内外广为关注，屡获国际大奖。作为第一任"谋女郎"，与张导的关系自然不错。后来张导选演员，眉眼或神情总要与巩俐有点像的，比如章子怡、董洁、魏敏芝、周冬雨等等。

章子怡是最走红的"谋女郎"，她一出场，人们都说她是稍稍缩水的巩俐，但她出道之时，便拒绝了"小巩俐"的称呼。"没觉得我像谁，我就是我自己，我拍好每部戏，做到最好就是了。"

章子怡没把自己当成巩俐的影子，而是借张艺谋电影这个平台，一跃而上，其红的速度比巩俐有过之而无不及。之后名导、大片纷纷有约，她频频出席国际A级电影节，成为比巩俐更璀璨夺目的国际巨星。

《红楼梦》里像黛玉的女孩子很多，香菱、龄官、秦可卿、晴雯……但最像的还是晴雯。

"水蛇腰，削肩膀，眉眼有点像林黛玉……"不仅体态极相似，性格也是一类人，都不受王夫人喜欢。在她病得"四五日水米不曾沾牙"的情况下，硬给撵了出去，活活丧了性命。

像一个大明星或大人物，是好事，但未必是更好的事。

喜欢一个人，或者像一个人，就拼命模仿，模仿她的言行举止，模仿她的歌声，模仿她的一切，甚至不惜花巨资"克隆"她的容颜。玩玩模仿秀倒也无可非议，而生活中就不一样了，如果盲目模仿就有东施效颦之嫌，徒添笑柄。

虾子看到螃蟹身上呈现出好看的红点，很是羡慕。螃蟹告诉虾了，它

112 ·

NA YICHANG
FANHUARUJIN DE
XIANGYU
繁华如锦的
那一场 相遇

是因为经常晒太阳才这样，虾子听了，也学起了晒太阳，结果活活被晒死了。迷失自我的过程，也是酿造悲剧的过程。

德国哲学家莱布尼茨说：世界上没有两片完全相同的叶子。是啊，每一片叶子都是独一无二的，每一片叶子都有属于她自己的故事。人生的意义要靠自己去探索，一味盲目模仿别人，最后会没了自己。

总有一些场景让我泪流满面

我执意要看《唐山大地震》，并非去找流泪的感觉。都说冯小刚的片子很煽情，为了这部电影，许多影院还在搞纸巾、手帕大放送。赚钱加上赚泪，什么都让冯导给搞定了。

发疯的蜻蜓，倒塌的高楼，血和断臂……视觉和心脏遭受着不能承受之重，张望那一片突然变紫的天空，我有一种心被掏空的疼：

"已经没有泪水了，我的心成了枯井／空了，像刚刚打扫过的废墟／没有了声音，没有了呼吸／世界是一种可怕的安静"

慢慢地，镜头在变换。一块水泥石板下，一头压着儿子，一头压着女儿，母亲撕心裂肺地呼叫:"两个都要救!"然而,两个都救不现实,只能撬动一头压下一头,救援队员很清醒地告诉这位母亲。手心手背都是肉,这龙凤胎儿女一个都不能少啊。滴滴答答的声音犹如催命的钟:决定吧,再不救两个都没了!"救儿子……"母亲的"生死牌"举得那么沉重和无奈。

我的心又开始疼了,感觉到把伤口撕开的残忍。生死一瞬间,母亲选择得非常艰难,无论救哪个孩子,她都要把自己的心撕成一片一片。

漫天泼下的大雨,使"死"去的女儿奇迹般的活了过来。她冷漠地看了一眼死去的爸爸,冷漠地看着这个变异的世界,走了,心与身体一同逃离了已经不复存在的家。

女儿的怨,一直延续了32年;母亲的悔,一直纠结了32年。23秒的地震,是32年的痛楚和煎熬。母女相见,母亲重重一跪:"妈给你道个歉吧!"此刻,我的耳朵发麻了,脑袋"嗡"地一下,鼻子里冒出一股酸酸的味道。

影片里的母亲叫元妮,一场灾难之后,她的余生可以用一个字来概括,那就是"悔"。她知道,这辈子对不起丈夫和女儿,丈夫为救她而没了,女儿是自己为救儿子而放弃的。虽然一切出于无奈,可骨肉之痛何其深啊!她不愿找老伴,不愿再搬家,甚至对那几个番茄也追悔莫及;她买两套一模一样的课本,一套给儿子,一套放在女儿的衣冠冢中。

"不是不记得,而是忘不掉。"女儿自被埋在地下开始,一直疼着,开始是肉体的疼,之后是心灵的疼。她的疼痛在成长中滚来滚去,她把自己包裹得紧紧的,在极端疏隔的情绪里默默行走。到最后母女重逢,一跪之下才化解了女儿对母亲的"恨"。

母亲很伟大,如果可以用自己的生命去换回女儿,元妮肯定毫不迟疑;母亲也很卑微,可以把自己的姿态低到尘埃里。爱和亲情,灾难和痛苦。经历是一笔难以挖到的宝藏,一场地震把人性逼到了灰暗的角落,但心灵的裂缝在慢慢修复。虽然不及城市的伤疤愈合得快，毕竟，在结痂的疤痕下，那暗暗涌动的一种叫感情的东西，还是暖暖的。

两个小时的电影，据说有 28 个哭点。冯小刚拿了一把无形的锐利的刀，一刀一刀戳向内心深处最柔软的地方，电影院里，到处是稀里哗啦的啜泣声。

震撼的画面，记不清哪些场景秒杀过自己的泪腺。灯光亮起，我发现两位女友眼睛红肿，影院内散落着一地纸巾。

一只疼痛的羊

秋风起，天凉如水。

郊区的斜坡上，红灯笼一字排开，鞭炮碎屑散落一地。这家老店新开的饭店，经营烤全羊。

这天气，烤全羊自然是美味。应朋友之邀，来尝个鲜。

烤羊点设在饭店一侧，进门即见。羊很新鲜，活杀之后被绑上了烤架，在果木炭燃起的熊熊烈火之中，羊慢慢地变成了焦黄色，炉火映着烤羊师傅红通通的脸，画面感极强。

大家都围着拍照，发微信。有图有真相，烤羊焦黄流油的样子充满诱惑，仿佛有香飘来。微信朋友圈里多有围观，点赞，询问，一时颇为热闹。

一位远方诗友发来一句：羊会疼吗？我说：我也疼了。

说疼的时候，正逢烤羊上桌。金黄油亮的一只烤全羊，四条腿被绑着固定在铁架的四个角落，羊头伸在外面，十多个人围在一起，戴着手套，把焦黄的羊皮一片片揪下，然后抓肉，然后扯羊排，然后吮骨头，原始而野性。

坐在边上的我，正巧对着羊头。从头到脚看着，整个儿就下不了手，胃突然难受了。

去内蒙古旅游的时候也吃过烤全羊。那天在呼伦贝尔大草原游玩，导游说给我们安排了烤全羊。于我而言，美景胜过美食，风吹草低，天似穹庐，有什么比这更令人愉悦的呢？走着走着就忘了烤羊在等我。及至走进蒙古包，大家都在大快朵颐，我拿着人家递给我的大块羊肉，三下五除二就吃饱了。至于个中美味，印象不深，像吃了一盘普通的羊肉而已。

而这次不同。在南方，在没有草原哺养的土地上，一只羊就这样向我走来，向餐桌走来。除了没有看见屠杀现场，我几乎目睹了一只羊被绑架烧烤的过程，在色香俱全的美味前，我突然感到了疼痛，一只羊的疼痛。

这年代，是吃货们的春天，"舌尖上的中国"迷倒了芸芸众生。到底是被美食所诱惑，每当一家新饭店开张，食客就趋之若鹜。朋友中不乏美食爱好者，我随他们去凑热闹，甚至专门到三门吃海鲜，去黄泽吃狗肉。

其实，我最怕生吃活吃，最寻常不过的醉虾也不敢吃。醉字说起来好听，微醉、沉醉、酣醉都暗藏风味，那些被黄酒醉倒的虾从活蹦乱跳到酩酊状，最后"玉体横陈"，一上桌就被店家装在一个透明的玻璃罐里，整个过程明明白白，从生到死一目了然。以前见过一位叫宏的女友吃醉虾，把一只完整的虾丢进嘴里，吐出来的是一只完整的虾壳，我看得呆了。

有道是眼不见为净。有许多东西吃便吃了，做便做了，认作糊涂罢，如果非要见到真相，便要纠结。

想起有家饭店为了招徕顾客，将食物制作过程全公开，在每个单间安

118 ·

繁华如锦
NA YICHANG
FANHUARUJIN DE
XIANGYU
那一场的 相遇

装了闭路电视，让顾客监控给自己做菜的每一道环节。有一次，客人点了一份"九转大肠"，厨师在操作间展示做菜过程，边做边讲解：这道菜来自猪身上的大肠，大肠是猪身上很重要很特殊的器官，这道菜的特点是肥而不腻。第一道工序呢，就是清便，所谓清便呢就是……话音未落，客人一下关掉了闭路电视，等这道菜端上来后，客人谁也没有胃口。

故事虽有恶搞的成分，但需要说明的是，真相比善意的掩饰更残酷。

我被书画撞了一下腰

城里常有书画展，满墙都是春色，像小时候看年画，昂着头看，越看越欢喜。可惜自己是外行，看不出门道，说不出所以然，只是凭感觉，说这个好或者那个更好。

书画艺术，各藏技艺，自己愣是学不来。去年闺密要去学书法，陪她去同文画社，她学书法，我学绘画，突然喜欢了，安心学了半年，好似回到学校一般，有了做学生的感觉。

第一次学工笔，坐 6 个小时画了一枝荷，末了舒展一下腰，吐了一口气，身子轻盈，内心喜悦。老师姓栾，年少言寡，随性随意，让我们自由学。后来学国画，泼墨的感觉好过工笔，潇洒淋漓，真大写意也。发了几张习作到"朋友圈"，点赞表扬的多。平时也有朋友偶尔问起，我只是笑笑，知道他们点赞，是在鼓励我，就像我对每一位喜欢写作的人说：写得不错，继续努力！

画龙画虎难画神。图画，画得像是一回事，画得好是另一回事，于我而言，画得有几分像就不错了。小侄女梦梦才读初三，一次在家里看到她的画，惊呆了，没人教她学画，只是喜欢而已。梦梦从小喜欢养鹦鹉，因为要抓学业，家里不许，放掉她养的一只红嘴绿鹦鹉，她哭了，哭得很伤心，然后躲在自己房间里，在白墙壁上画下一只红嘴绿毛的大鹦鹉，翘首引颈，踏在云朵之上。这个鹦鹉有她半人多高，几乎占据整整一面墙，每晚伴她入梦。梦梦还有一本画册，有人物、有花卉，画得煞像，看得我大呼小叫，恨不得立马送她去美院深造。

杂事小事多有纠缠，我没能坚持画下去。前几日碰到新昌美协主席何国门，他说县里美术大展征稿，让我送作品，我汗颜，断断不敢去的。记得何主席当初鼓励我，送我一幅书法，写了"坐看云起"几个字，题款是"青荷女画师雅正"，把我吓倒。

学美术之前，书法倒也接触点滴。20多年前，有幸去绍兴师专进修四个月，鲍贤伦老师教我们书法。我一点一横、一撇一捺认真学，但组合成一个字，看着就是别扭。鲍老师当时已经很有名了，但我没好好抓住机会，白白辜负了大好光阴。其时，很佩服一位同学写隶书，蚕头雁尾，特有美感，像画一样，我喜欢这种像画一样美的笔法。商力戈是新昌文化名人、书协主席，县图书馆进门处有他的一墙砖书，是狂草，龙飞凤舞，潇洒飘逸，把我的闺密当场雷倒，发誓一定要拜他为师，后来果然得其所愿。而我没有这份天赋，羞于拜师，总觉得一笔一画摆放得不是地方，如果建造房子，这架势肯定成不了。

书画犹如一对孪生兄妹，在我眼里，更钟情具有浪漫主义色彩的妹妹。而兄妹手足，书画不相离，好画更需好字配，每一个成大器的画家必先练就一手好字。道理懂了，践行有难度。

　　都说术有专攻，但艺术也是触类旁通的。见过书画、篆刻皆精的艺术家，也见过文字、书画俱佳的才女，如此多才多艺之人，权当偶像崇拜吧。

　　"画者，本寂寞之道，其人要心境清逸，不慕名利，方可从事于画。"白石老人说过，越无人识越安闲。好吧，等来日空闲，找一个清静之处，再拿画笔，天气差的时候读读诗，天气好的时候磨磨墨，随心就好。

122 ·
繁华如锦的
NA YICHANG
FANHUARUHN DE
XIANGYU
那一场 相遇

与高考有关

　　高考的众生相，说起来可以排一出戏。高考的主角是考生，戏的主角不仅仅是考生，还有与考生相关的亲亲眷眷，与考生有关的社会问题，与考生有关的未来人生。

　　下了一场雨，天气依旧闷热。第一天开考，考场外挤满了满心焦虑的家长们，一位胖得有型的阿姨穿着一袭碎花旗袍，外罩一件马甲，寓意什么？旗开得胜，马到成功。考场里出来，两位长得精神的男生，着大红T恤，嘿，不说也知道，分明是"开门红"的意思嘛。更搞笑的是，山西有一考场门口，竟然有几位穿着古代状元服装的男子，举着"考过富二代，战胜高富帅"的牌子，给家长们发商业传单。

　　高考是一场没有硝烟的战争，十年寒窗苦读，当此一决。家有高考生，急的不是一个，而是全家，谁都眼巴巴地盼着家里能考出一个"状元"来。

当然，急也没用，有些东西是急不来的。以一颗平常心待之，就很好了。

我们那阵子高考，万人过独木桥，一个年段四个班级，当年只有一女生"金榜题名"，考上大学意味着能吃"商品粮"，捧上"铁饭碗"，似乎是一劳永逸之事。有恒心者，继续三五年的复习，不考进大学誓不罢休。记得有一位学长，年年高考年年失败，连续考了五年，最后一年终于考取了代培生。

我天性散淡，成绩普通，觉得考上大学很难，那么，退而求其次，考中专吧，一年不行，第二年再来。谁也想不到，临近高考了，一个文件下来，高中毕业生不能报考初中中专。好吧，卷了铺盖走人，谁说非得走独木桥？自学考试、函授大学什么的，条条大路通罗马啊。

一晃20多年，轮到儿子上考场，儿子比我们豁达多了。他说，要考大学了，考就考吧，你们别着急，考试关系到的主要是我，你们以后反正有钱养老，就算我考差了导致混不出个人样来，你们照样过得下去。所以，你们别担心，我也没什么压力。再说凭你们儿子的实力，没重点起码也有本一读吧。

把一颗心放进肚子里，心态放平了，任凭风吹雨打，胜似闲庭信步。

想起一个故事。有位秀才第三次进京赶考，住在一个经常住的店里，考试前两天他做了两个梦，第一个梦是梦到自己在墙上种白菜，第二个梦是下雨天，他戴了斗笠还打伞。秀才有点迷信，去找算命的解梦。"高墙上种菜不是白费劲吗？戴斗笠打雨伞不是多此一举吗？你还是回家吧。"

秀才心灰意冷，收拾包袱准备回家。店老板问清缘由，让他留下来，并为他解梦：墙上种菜是"高种"，戴斗笠打伞说明你这次有备无患。秀才一听，觉得更有道理，于是精神振奋地参加考试，居然中了个探花。

　　凡事皆有两面，看你如何取舍。积极的人像太阳，照到哪里那里亮；消极的人像月亮，初一十五不一样。有什么样的心态，就有什么样的结局；有什么样的想法，就有什么样的未来。

　　高考也一样，只要积极努力，尽心尽力了，就不言悔。考取哪个大学很重要，也并不重要，因为每一朵花开，都自有芳香。

在绍兴，一片文字的蓝

我承认，我的文字一定与绍兴两情相悦，有那么多忘不掉的记忆。在一个与台风偶遇的下午，像积层云一样聚拢来，注定要下一场掠过心尖的雨。

文字于我，是另一个自己。所有来自内心的细微的无法言说的东西，最好的表达方式是付之笔端。20多年前，在视野并不开阔的小镇上，我写下了一些毫无章法的文字，仿佛一个笨拙的农民，随意地把种子散在土地上，不管开花与结果。

一个偶然的机会，我来到了绍兴文理学院，那时候还叫绍兴师专，学校办了一个文秘专业进修班，招的都是在职人员，脱产与在校学生一样读书。不过，最重要的一点，学校配备了师资最强的一干老师，比如沈贻炜、鲍贤伦、陈越等等，在这座知识大厦里，我吸取了最初的文学养分。

126 ·
繁华如锦的
NA YICHANG
FANHUARUJIN DE
XIANGYU
那一场的 相遇

不得不说到沈贻炜老师。沈老师当时是中文系主任，教我们秘书学，偶尔也搞文学讲座。他讲文学的时候，极有画面感，简直像看电影一样，在他抑扬顿挫的语境里，分明能触摸到一幕幕场景，记得我当时写过一首诗：太阳喝醉了酒睡去／弯月泊在宁静的港湾／厮杀的声音被鸟儿啄来／孤独的老鹰在我双目中栖息／未能把历史一饮而尽／思绪已被绿茵茵的阳光筛过／你站在讲台上／我没有看到你。

是的，他站在讲台上，我看见的是另一方天空，历史的天空，未来的天空。

听这样的课，才懂得什么叫精彩至极，什么叫意犹未尽。

沈老师是颇有名气的作家，而初次触碰文学的我，是他的粉丝，偶像居然离我那么近，偶像居然是我的老师。生活多美好啊，那一片彩色的山野，在我的心灵深处得到感光。

我写了几首小诗，请沈老师指教，他耐心地看完，提了一些建议。不久，学校组织了一次活动，去诸暨五泄看风景，我写了一篇散文《拾得五泄珠翠还》，发在《绍兴日报》副刊上。在学校的那些日子里，我觉得自己像《红楼梦》里的香菱丫头，学诗做文入了迷，一副傻乎乎的样子。

居然还有一首诗发在了《经济日报》上，小心脏大大地激动了一下。

这辈子，也许真该与绍兴结缘，与文字结缘。几年之后，在一个春意盎然的五月，我有幸进了绍兴日报社，以书写为生，用笔墨走路，天天在文字的天空里游来荡去。

绍兴的一方天空，是蓝的，是透明纯净的蓝，是文字的蓝。这样的蓝，是诗，是散文，也是小说，是我文学之梦的起点和源泉。

不得不说到报社这个多彩的舞台。因为我的喜欢，因为我的爱好，在从事新闻之余，报社为我创设了一方文学天地，在《绍兴晚报》副刊上，先后开设了"听她说她"、"生活大爆炸"专栏，使我的文字有了着落，在绍兴的土地上生根，并开花。

　　不得不说到我的读者。也是凑巧，正在敲打这篇文字的时候，一个电话打了进来，说是我的一个忠实读者，昨天来找过我，可找错了地方。他说一直在看我的专栏，看了那么久，没有其他，只是想交流一下。这样的读者，不是一个，我要说的是，感谢有你，感谢绍兴的天空蓝。

128 ·

繁华如锦的
NA YICHANG
FANHUARUJIN DE
XIANGYU
那一场
相遇

恰到好处是最美

多一分则肥，少一分则瘦，分寸拿捏得刚刚好，就是最美。美人之所以美，就是这个道理。

一言不发的植物也是有思想的，它的一片青绿，它的一朵笑容，是欢喜盛开，美到无言。如果爱之过极，过多的浇水和施肥，它会承受不来，要么被水活活淹死，要么营养过剩得病。什么事都有其自然法则，比如瓜熟蒂落，无需摘得过早或太晚，早一步瓜还未熟，晚一步熟过头了会烂掉，要的就是恰到好处。

做事如此，做人也一样。

"人生得意须尽欢，莫使金樽空对月。"那个得意是李白的得意。来，今天俺高兴了，喝上一杯，时光一去不复返，人生不过短短几个秋哪，该行乐时就行乐，再把盏，与尔共消万古愁。

当然，我们说的得意，是建立在理性之上的。

作为一个普通人，穷其一生，能有一两次闪光，就已经足够了。如果稍有成就，便得意忘形，狂妄至极，忘了自己是谁，大有"当今天下，舍我其谁"之势，那么，离"断种"之绝境也为期不远。

周幽王为博褒姒一笑，乱举烽火，导致西周的灭亡。秦始皇的残暴人人皆知，他不顾百姓死活，大兴土木，劳民伤财，积怨很深，在秦二世手里就毁灭了，六国统一的空前局面瞬间被瓦解。再说，近些年来陆续落马的贪官们，无一不是私欲膨胀，得意过头。

凡事把握好分寸，得意时不忘形，失意时不消沉，保持一颗平常心。

毕淑敏说，纵有千间房屋，夜间无外一床安宿；纵有万亩良田，一日只需三餐；幸福是一种心的富足，不以物质的多寡来衡量，它是付出、分享和爱的感受。恰到好处，是一种哲学和艺术的结晶体。

是的，恰到好处像一个精致的、理性的女人，什么事都办得有条有理，火候把握得十分好；像一幅水墨丹青，留白处是蔚蓝天空，纤尘不染，也是秋水长天，意境苍茫，给人以无限遐想。

如果我来，正好你在。恰好的爱情也如此，在对的时间遇见了对的人，没有早一步，也没有晚一步，仿佛是上天的安排。沈从文写给张兆和的情书是这样的："我行过许多地方的桥，看过许多次数的云，喝过许多种类的酒，却只爱过一个正当最好年华的人。"

正当好年华的人，多好啊，青葱岁月，芳草萋萋，我在水一方，你执花而来，一生一世便住在这美好里。

山河锦绣

SHANHE JINXIU

去丽江，不为艳遇

　　午后的丽江，一把好风从巷弄拐角处吹来，吹得人杨柳似的软。当我发现手机不在时，正走在去木府的路上。

　　心里猛一惊，第一反应是丢在刚去过的小超市了。这小超市在哪里？具体叫啥店名？只记得一个大概，问谁也不知。回头找吧，被七拐八弯的巷弄迷晕，绕了一大圈，才眼见熟悉的那一扇木门敞开着，雕花门窗上写着"给力超市"几个字。先生一个箭步冲进去，在一条小矮凳边找到了我的手机。

　　真给力啊！长长地吁了一口气。老板笑着说，留在我店里的一般不会少。

　　初到丽江，这是我的一次"艳遇"。心跳加剧神魂颠倒失而复得喜极而泣，过山车一样的经历，恍若做梦。

丽江不是江，是一座神奇壮美的城。有人说，丽江是氤氲着柔情的小资天堂，是"艳遇之都"。对古城镇天生着迷的我，不去是没有理由的。去年年底，说走就走，直奔丽江，赴一场任性之约。

丽江位于云南西北部，处于青藏高原和云贵高原的衔接地段，有雪山、草甸等自然景观，海拔 5596 米的玉龙雪山最为壮观，而建于南宋的丽江古城是最让人心情柔软的。小桥流水、垂柳依依，古朴的纳西民居依山而建，一条条小巷纵横交错，青石铺路，在时光里穿行，溪水不动声色地流走，仿佛一不小心就走进数百年前的历史。

在这样的古城里漫步，把时间忘了，把所有的尘世杂事放在脑后，来一场心灵深处的相约。因为是冬季，游人不多，白天的丽江是宁静的，阳光落下来，暖烘烘的样子。我们穿过幽深的弄堂，走在一条不算宽的街上。街两边都是店铺，闻得见牦牛肉、羊肉串的味道和雪域鲜花饼的香气，还有民族特色的淘巾、挂件、手鼓等，看得喜欢了，遂头下手申和挂件，不枉一份遇见之喜。

丽江不是江，但水是丽江的魂，玉泉河水在古城中一分为三，然后分成无数支流，穿街绕巷，流遍全城，难怪有"家家门前绕流水，户户庭前垂杨柳"之说。有水必定有桥，分布在古城中的 300 多石桥、木桥随处可见，像小路一样随意地铺在居民的门前屋后，我见过最大的丽江大石桥，是座双孔石拱桥，长不过 10.6 米，高 2.2 米，宽 3.84 米，据说是古城众桥之首，是古城最大的石拱桥。

走完四方街、七一街、五一街，天色渐暗，灯一盏盏亮了起来，把丽江古城装扮成一个绝色佳丽。在街角一家小饭店里，我们点了几份特色菜肴，一小瓶玛咖酒，微带醉意出门，又不知东西南北。突然想起一句话：丽江不是用来行走的，是用来迷路的。嘿，莫不是又迷路了?! 老板娘热心地陪我们走出一条巷弄，说穿过左边一条街，走过一座桥，再往左拐一直

走就是丽江王府饭店了。

丽江的夜，越夜越魅惑，酒吧前的红灯笼在微风中飘摇，倒映在水里柔柔软软，仿佛暗示艳遇从此开始。而在我眼里，丽江的艳遇只是内心一种安然的感觉，热心的老板娘，还有超市里纯朴的老板，那些遇见，留给我的是古城永久的温馨记忆。

梅雨飘过江南的小镇

突然想去走走江南的古镇，很想。尤其是滴滴嗒嗒的梅五月，撑着一把紫色碎花小伞，听雨声在青石板上浅吟低唱，敲出一首婉转的唐诗宋词，满眼便沁出一片芳芬来。

一条长江，分开南北。江南就是梦一样温柔的地方，最是那下了雨的黄昏，淡青色的雾霭施施然飘起，仿佛随手从屋顶上采撷去了的炊烟，从村边一路蔓延到山脚，再一路升腾到山顶上。淋漓的雨，湿着游人的衣角，三三两两的心事，连同黄昏的孤寂，一同融入江南五月的小镇。

去过西塘、乌镇，也去过绍兴的安昌古镇。安昌是典型的江南水乡，那乌蓬船在古老的石桥和河埠之间来回穿梭，船橹划过水面的声音，是一出很好听的江南小调。记得那时去古镇，是单位组织的活动，还得到了一幅装着镜框的水墨画，淡淡的江南水乡味道，一直弥漫在我的书房一隅。

古镇于我而言，有着无边的吸引力。在一个适当的时候，找一个适合的古镇，释放一份心情，未尝不是一件赏心乐事。

其实，江南遍地都是小镇古村，我的老家儒岙镇就是。梅雨纷飞的黄昏，于烟雾迷蒙中，小镇清瘦明朗的模样，是那样真实而清晰地站在了我的面前。

儒岙坐落在天姥山麓，村民多姓潘。据《天姥潘氏宗谱》载："始祖潘多吉，元朝天历（1328）间曾仕于杭，目击时事之非，遂访太白梦游故址，盘桓其地，见天姥山迢递而来，奇峰耸拔，忽入平夷，中有一隅四围环绕若土城，泽媚山辉，诚造化神秀之所钟，欣然卜筑于斯。"其地原名徐岙，潘多吉因思家族世代具以儒业显名，遂名其所居为儒岙。

镇上一条沧桑老街，从村口伸延到一村尽头，尽头有一口塘，叫塘沿头，之后便是二村了；二村店铺渐渐稀少，街便成了巷弄。老街两边都是木板结构的铺子，油漆涂写的"毛主席万岁"等"文革"时期的大幅标语依然残留，字迹斑驳，印在黄褐色的板墙上，如若往事重回。这条狭窄而长的街，曾经是小镇的黄金地段，鹅卵石铺成的街面，错落有致的商店，面对面的店家坐着说话也不需要大着声的。下雨季节，左右邻舍纷纷聚拢来，当街而坐，嗑瓜子拉家常，当鲜嫩的江南女子踏过湿滑的鹅卵石时，街两边的眼睛直勾勾地射过来，发光发亮，只是一刹那，姑娘的脸上便开出两朵红云，低头猫步疾行，留下一个清芳的背影。

儒岙不是水乡，是山里小镇。镇上最古意沧桑的，是一处叫作彼苍庙的古建筑，"彼苍者，天也。"彼苍庙即天庙。据说，彼苍庙始建于明万历年间，是为纪念治水英雄大禹由民间集资而建的。主殿为禹王殿，侧有谢公殿、观音阁、魁星阁、文武殿、太白楼。1994年10月被列为县文物保护点。

　　彼苍庙前一座弯弯的石拱桥横跨溪上，庙内有数株古柏，虬枝斜伸出古庙红墙之外，与拱桥呼应，这即是儒岙八景之一的"古柏临清"。桥下溪涧中有古井一口，是凿在一块天然岩石中的，即便梅雨季节洪水漫过，井水也自澄清洁净。因为那井水决非溪中之水，乃地下泉水，长长井圈似粗杆，升到上面一石桥中央，井栏加盖，便成了桥板，取水时掀开石板即可。这就形成了"井上有桥，桥上有井"的独特景观，也称得一奇。

　　走下拱桥，是一个临水长廊，边上住几户人家，我一直想，这几户人家福气最好，简直是诗意地栖居，想悠闲放松，踱出门外，便可斜倚长廊听溪水叮咚，背靠古柏赏清风明月。可惜，如今这桥下，河道干枯断流，少了一份古意和宁静，连那口古井亦面目全非，井水变成一池浊水了。

　　古镇各有风情，而儒岙有着自己的质朴和清淡，像刚刚走出山里的清纯女孩，没有丝毫矫情做作的脂粉气。如若梅雨飘过，小镇便生动起来，溪水饱满，青苔湿滑，偶尔还会遇上丁香一样的姑娘，江南的气息就这样浓浓淡淡地紧随而来。

　　所以，如果想了，随便漫步在哪一个古镇，一定会有梅雨江南的惊喜和意境在等待。

一场说走就走的旅行 ——

晓蕾打来电话说，我们去海南吧。

傍晚，天有点阴冷，我在车海人流里左冲右突，因为开着车，随手搁掉了电话，没说去或不去。再一个电话追过来，我已在餐桌上坐着，没有犹豫就答应了。第二天订了机票，两人简单收拾了行李，来一场说走就走的旅行。

过瘾，且有一点隐秘的欢喜。

以前去旅游，提前作好安排，关心行程，关心有哪些景点，然后跟着人们马不停蹄地赶路，走马观花地赏景。这次不一样，没有目的，没有旅行社小旗帜的召唤，也不需要定点定时赶去集合，整个儿是自由人，想去哪就哪。到海边吹吹风，在民国街的咖啡屋小坐，躺在海景房里看书，无缘无故浪费一段美好的光阴；甚至为了一顿美味海鲜，专程跑到潭门小镇，水灵灵的鱼虾直接从海里捞到餐桌，鲜味令人叫绝。一切由着性子来，自由散漫的时光原来如此美好！

"人生至少要有二次冲动——一次为奋不顾身的爱情，一次为说走就走的旅行。"这句话像海浪一样，卷上了心尖。年少轻狂，若经历过一场奋不顾身的爱情，为它欢笑，为它痛哭，为它痴狂，也便够了。旅行却是心情的出发，随心而起，趁兴而为，说走就走，不计后果。人生应该有那么几次疯狂。

一场散淡的旅行，人不需多，或三两知己，或知心爱人，或孤身一人；一只背包，一副墨镜，还有随心拍的手机，不带太多的念想，不求邂逅和艳遇。当然，遇上了也不怕，感情这东西，只要开心相随，浪费也是值的。

周末飞一趟大理或丽江，期待一场艳遇，期待一见钟情再见倾心的角儿，这基本是文艺范儿的旅行方式。影片《心花路放》就是很搞笑的猎艳之旅，由黄渤主演的主人公耿浩，因老婆移情别恋，陷入了"被离婚"的痛苦之中，哥们儿郝义告诉耿浩，摆脱痛苦最简单的方法，就是开始一段新感情。于是他拎着耿浩一路向西去云南，邂逅了形形色色的美女，有杀马特风情、有文艺清新女、有彪悍发廊妹，而最令他们难以忘怀的，莫过于张俪扮演的宝马mini美女思晴。

几番曲折离奇的艳遇，哥俩被整得灰头土脸狼狈不堪，唯一值得庆幸的是，耿浩终于放下了那段已破碎的婚姻。在这个快节奏的微时代，一些年轻人似乎很难相信爱情和婚姻，简单直接的艳遇仿佛成了治愈创伤的情感灵药，因而在某些地方，衍生出赤裸裸的诱人广告，而且成了一种地理文化标志，"丽江神话演绎酒吧，艳遇的天堂。"三步一艳遇的丽江，就连出租车顶上，都闪着如此"明目张胆"的广告语。

心花"路"放，开心只在路上，来来往往的一些人，无非是生命中的

过客；不期而至的艳遇是最美的风景，但只是风景，如同给成年人讲童话，纯属感情营养的补给，听过路过且罢。

人生最好的一场旅行是说走就走，放空自己，随心随情，管它艳遇不艳遇。

海女不是美人鱼

在韩国见到海女的时候，心微微一凉。

海女给人的联想，仿佛与美人鱼有关。早年看安徒生童话《海的女儿》，很憧憬海底世界的生活，就像美人鱼向往海上人类的美好一样。

海王国有一个美丽善良的美人鱼，有一次她看到了陆地上的王子并深深地爱上了他，为了追求爱情幸福，为了能与王子在一起，她付出了很大的代价，忍痛脱去鱼尾，换来人形。但王子最后与人间女子结婚，美人鱼却无法变回过去。巫婆告诉美人鱼，只要杀死王子，并使王子的血流到自己腿上，美人鱼就可回到海里，重新过无忧无虑的生活。可她为了王子的幸福，自己投身海中，融化成了美丽的泡沫。

无疑，美人鱼是惹人心疼的，是缺憾的，唯美的。因为我知道，那是艺术。艺术本来不在生活状态之中。

韩国济州岛的海女，无关艺术。

成山日出峰的峭壁之下，有一海滩。海滩不大，甚至有点逼仄，无非是三面礁石环抱中的一片空滩。空滩没有沙，只有黑乎乎的石头，高高低低连在一起，其中有一块相对平坦的地儿，就是海女的表演舞台。

五六个海女依势站成不规则的队形，身穿黑色潜水衣，手里拿着捕捞用的网兜，边上一人拿着无线麦克风，是领唱，她们边唱边舞，脸上没有多少表情，歌词我听不懂，似乎在述说海女的故事，或是表达一种坚强。

第一个感觉是，海女不是想象中的年轻美人鱼，而是六七十岁高龄的大妈，古铜色的脸，核桃皮一样的皱纹，不过身材苗条，与妙龄女子相仿。第二个感觉是，她们不是喜欢表演，而是为了谋生。现在是，以前更是。

济州有三多：风多、石头多、女人多。风多，因为它是海岛，与地处台风带有关；石头多，因为它是火山岛，整个济州是火山爆发造成的，石头、洞窟特别多；女人多，因为以前男人出海捕鱼遇难身亡的比例很高，留下大量寡妇，这些寡妇自己下海捞鱼，养家糊口，便成了海女。

做海女，年轻女子大都不愿意，因为长期在海里浸泡，对皮肤不好，当然也很辛苦。导游说，做海女的基本上在五十岁以上，七八十岁也有。

难怪，我见到的海女都是奶奶级的。这年纪的中国大妈，要么安享晚年，抱抱孙子，跳跳广场舞，要么巾帼不让须眉，抄底黄金，挑战华尔街！不论是褒是贬，是否被舆论所颠覆，但中国大妈这词儿确实红了，红遍了全球。

当然，中国大妈并不代表大多数中国女人，就像海女并不代表韩国大多数女人一样。但我看见海女，确实心疼，并担忧。

五六个海女表演完了后，下海捕捞。除了标枪、铁棒、网兜等渔具外，身后还连着一个橘红色的形似南瓜的球体浮漂，以致一身黑衣的海女一个猛子扎下海不见时，这橘红南瓜就是这个人存在的醒目标志。

她们慢慢走向深海，像一粒石子掉进大海，开始有一双蛙鞋在水面上晃荡，过了一会啥都不见了，只剩下橘红南瓜。我的心抽紧了，她们在哪？海底会不会遇上状况？眼睛一直随着"南瓜"转，甚至坐了快艇去，希望能近距离靠近她们。每隔二三分钟，海女都要出海面换气，身影就浮出来，扶着"南瓜"休息一会，接着又开始第二次轮回，直到她们安全上岸，我才长长地吁了一口气。这一刻，我阅读到生命的悲壮。

海女满载而归，她们拿着海里捞出的章鱼、海螺、鲍鱼、海参等海产品，在海边出售，脸上洋溢着满足的笑容。在她们眼里，收获更多的猎物就是简单的幸福。

一缕江南

江南，轻轻浅浅的江南，是五千年时光罗织出的一个温软精致的梦。

江南是一幅水墨，在雨丝清风的浸润下，方渲染得烟丝醉软的质感，宛若丝绸。

春来水儿媚，风吹岸边柳。水在江南，便柔弱无骨，春心荡漾，当你轻轻弯下腰抚摸着水面时，柔软细腻的感觉像丝绸般体贴入微。江南多桥，绍兴就有很多傍河而建的古桥，横卧于精致的驳岸上。这一座座拱桥像丝绸服装上一对对盘龙扣，而纵横穿行的乌蓬船却是丝绸上点缀着的美丽花纹，如蝴蝶般翩翩起舞。向下俯看，犹如一件华而不丽的"唐装"，韵味盎然。

因为水的氤氲，江南就有一种阴柔的气质。

江南的雨别有不同，纤细如丝，缠绵缠绵飘落下来，一寸一寸亲吻着你的肌肤，温柔入骨。

青石板上，结着愁怨的丁香一样的姑娘，撑着油纸伞，穿着旗袍，在雨中漫步，偶尔回眸一笑，便是那一低头的温柔，生生地勾了你的魂魄。

一切与水有关。江南女人是"水做的骨肉"，一季季破茧成蛹，她们多半皮肤白皙，骨骼细小，乖巧伶俐，很讨男人喜欢。林黛玉是典型的江南女子，"闲静犹如花照水，行动好比风拂柳"，这个柔若扶柳、娇喘微微的林妹妹，把宝哥哥整个心儿都掏走了。

当然还有许多耳熟能详的江南女子，如西施、苏小小、柳如是、白娘子等等，无不生得娇滴滴水灵灵的模样。

水一样滑腻，烟一样轻软，云一样飘逸，江南女子丝绸般的妩媚，来自轻柔的吴侬软语、苗条的体态和婉转的心思。这些美眉大都有一双纤纤玉手，无论是弹琴，还是采桑，哪怕是为你削一只红苹果，都会让男人心尖痒痒的，似有一只小蚂蚁在慢慢蠕动，欲罢不能。

不仅仅是女人，即便是江南的男人，也是桂花莲藕派气质的男人，看那许仙、梁山伯的俊秀模样，再瞧瞧陆游、徐文长、徐志摩、郁达夫、戴望舒的优美文字，都那么摄魂夺魄。

"红酥手，黄縢酒，满城春色宫墙柳"、"轻轻地我走了，正如我轻轻地来……"从江南的四大才子到"民族魂"鲁迅，从古至今，历代文人雅士各领风骚，留下了一篇篇佳作，赋予江南深厚的文化底蕴。江南山水，连清朝皇帝乾隆也逃不过，三下江南书写千古传奇。

江南是文化的，也是丝绸的。单说绍兴这个文化之邦，与丝绸结有不解之缘。甲骨文的"绍"字，左边"系"字意为连续的丝线，右边形象表示一个人牵着丝线。造字本义为古代婚礼上用作牵引的长条绸缎。"兴"造字本义则为兴起、起来。"绍兴"两字连起来即为丝帛兴起之义。后引申认为承继前业、兴旺昌盛，即绍兴丝绸自古繁荣兴盛。

据传，绍兴得名却缘于宋高宗赵构。公元 1131 年，金兵入侵国都东

京，宋朝处于国家危亡之际，高宗赵构逃至越州，看到越州一带蚕桑丝织业高度发达、社会安定、经济繁荣，大受鼓舞，重新拾起信心，便寄越州蚕桑丝织业繁荣的基础，以承继前业、振兴昌盛为义，改国号为"绍兴"，同年改越州为绍兴府。

由丝绸而绍兴，这个江南名城的意蕴更为深远。

一缕江南。江南是浪漫的，也是幸福的。

也许每个人心里有一个梦，一个关于江南水乡丝绸般美丽的梦。一袭烟雨，一瓣落花，一地青苔，就这样无声无息地落入你的梦中。

千年西塘的等待

我最想去的古镇，是西塘。

读着西塘这个词儿，似乎有一种淡紫的颜色飘忽而来，若有若无地缠绕着我，让人忆起一位丁香般的姑娘，撑着一把油纸伞，从古老的雨巷里翩然而来。

在西塘，那些叫作弄堂的小巷比比皆是，米行埭、灯烛街、油车弄、柴炭弄，每一个弄堂都有一段美丽的故事。而最有名的是石皮弄，全长68米，宽1米，用100多块石板铺就而成，因为石薄如皮而得名。这条小巷弄，很窄，只容一人走过，如果两人迎面而来，那只能侧身而过了，所以还有"一线天"的美誉。

两侧是宅院高墙，灰灰的院墙上长满了暗绿的苔藓，偶尔有藤蔓爬出墙头，还有那些鲜活的植物，暗香越过院墙弥漫在四周。在这样一条曲

繁华如锦的
那一场 想遇
NA YICHANG
FANHUARUJIN DE
XIANGYU

148 ·

折幽深的长巷窄弄里，走走停停，邂逅，或是偶遇，然后转身离去，留下的忆念，便湮没在一蓑烟雨里了。

巷弄幽静，而廊棚却是热闹而喧嚣的。

临河而建的廊棚，古朴雅致，黑瓦盖顶，像一幅中国传统的水墨画卷。廊棚，其实就是带顶的街，栉次邻比的店铺，大小不一，但各具特色，每一家都有一个诗意的名字，如"姐姐的花裙子"、"迷楼小吃"、"爱情万岁"、"留云阁"、"听水楼客栈"等，听起来就美。

狭长的街，一家家店铺，五花八门，吃的、穿的、用的，卖什么都有，店主们心定气闲地招呼生意，但不吆喝，偶尔空下来便坐着喝喝茶、上上网，自得其乐。

而我喜欢往衣铺里去。

古镇自然少不了民族风的衣裳饰物，极致的图案，明艳的色泽，红配绿、蓝与白、黄搭蓝……大俗即大雅，让心情为之跳跃的颜色有特别的味道。当然，最具中国风的是丝绸和蓝印花布，高高的立领，宽宽的袖子，长长的裙裾，或刺绣，或滚边，或襻扣，丝绸体现的是东方式的高雅脱俗，蓝印花布代言的是亲切温暖，看着就十分的养眼了。

及至见到尖尖的红绣鞋，心便恍惚起来，好似回到前世，小轩窗对镜梳妆，蛾眉淡扫，轻移莲步，凭栏处，疏影横斜，搅动一池秋水。一双红绣鞋，承载了多少风花雪月的故事啊。

都说女人如水，如水的女人在古镇，相得益彰。西塘的水是灵秀的，桥是精美的。桥多、弄多、廊棚多是西塘独特的风格，9条河道，27座石桥穿插其中，静静地伫立着。这里的人们枕河而居，回廊临水，水面晃着细碎的光影，从这头漾到那头，舟过水面如闻窃窃私语，闲适中的寂寞，像一阙婉约迷离的宋词，唯美着，寂寥着。

水的曼妙，在岸的水墨画卷下诗意荡漾。水榭边，拱桥上，女人撑一把镶花边的精致小伞，斜倚身子，回眸一笑，端的就是风情万种。

风情最浓的，是西塘的晚上。

夜色中的西塘，如一位浓妆女郎，等待一场艳遇。

"亲爱的，我在西塘等你。"在热闹的西街上，这样一句话轻易地击中了我。你在这里等我吗？我很想啊！很想有那么一个人在这里等我，也愿意相信这句话是对我说的。

"我在西塘等你"是个酒吧，酒吧里随处可见的是艳遇，只要你愿意。

"我来西塘不想找艳遇，让我碰到也没办法。"

"我把你身边所有的男人喝趴下，就是为了和你说两句悄悄话。"

"男人的谎言可以骗女人一夜，女人的谎言可以骗男人一生。"

"不要问我为什么来西塘，因为这里离西天近。"

"艳遇根据地——本店只出售浪漫，不包爱情。"

……

如此煽情的语言，被挂在木牌子上出售。西塘的每一个细节都充满诱惑，那些风月无边的词语，在红灯笼点燃的晚上，与邂逅、缘分融合一起，难分难舍。

浪漫西塘，我无缘在夜晚遇见。夕阳西下，我随着西塘上空的晚霞远离了一场艳遇。

那份美好，就留在心中吧。就像千年西塘的等待，遇到了游在西塘的自己，那个怀着美丽幻想、做着廊桥遗梦的自己，然后在逆香的时光里慢慢回忆。

如此，便好。

繁华如锦的
NA YICHANG
FANHUARUJIN DE
XIANGYU
那一场 相遇

150 ·

龟兹之媚

西域三十六古国，名字都取得比较怪异，如龟兹、尼雅、且末、精绝等。

应是《西游记》中那些神秘国度，刚巧唐僧路过，某个地方隐藏着一团妖气，突然间迷雾散开，妖怪现身，很是应景。而龟兹不妖，如果非要找一个字来代替，只能是媚。因为那是女儿国，美貌绝伦、一往情深的女王对唐僧爱慕有加，欲用倾国倾城的财富和至高无上的皇权，换取他的爱。

当初读到"法性西来逢女国"时，便对喝子母河的水怀孕生女孩儿的"女儿国"十分好奇。后来才知道，这子母河就是库车河，而龟兹也就是如今新疆境内的库车。

小说是虚构的。而事实上，中国历史上著名僧人唐玄奘确实到过龟兹，并且还领略过龟兹的音乐和舞蹈。

玄奘印度取经归来，途经龟兹，正好碰上龟兹国盛大的节日——行像节。那时，他已是赫赫有名的高僧了，而龟兹是信奉佛教的国家，国王邀请他参加节日庆祝典礼，随同去的还有王后、宫女等。

如同当今办节会，一定会有歌舞晚会来助兴。龟兹的节日，也是君臣同乐，国王卸下王冠，跪着敬佛，随后各种乐器齐鸣，男女老少赤脚露膀，边泼水边跳舞，连玄奘也不例外，脱去袈裟且歌且舞。

龟兹是史上有名的舞乐之邦。这泼来泼去的"乞寒舞"传到中原，再传到缅甸、云南一带，就是后来的泼水节；据说唐代宫廷皇家宴乐《琵琶行》也来自龟兹。

所以，我固执地以为，龟兹一定是媚的，是那种野性的媚、肆意的媚。

比如胡姬，跳舞的胡姬。

龟兹有许多的歌舞艺人，随着龟兹乐的东渐，大批的胡姬被贩卖入长安。那些充满了异域色彩的舞姿和曲调弥漫在京都的舞台上，并很快成为一种时尚；那些冶丽的、风情的胡姬，让唐宋统治者为之着迷，也成为长安男人的梦中情人。

"胡姬貌如花，当垆笑春风。笑春风，舞罗衣，君今不醉将安归？"李白最喜欢与胡姬说笑了，白居易也把貌似天仙的胡姬比作巫山神女。来自龟兹的胡姬，骨子里就乐感饱满，妖艳性感，举手投足都是伎乐飞天的造型，是媚惑人心的那一种。

她们眉目深邃，她们唇色檀红，她们有掩饰不住的胡女容貌。

穿着装饰银带的五色绣罗宽袍和西域才有的窄袖罗衫，头上戴着有尖顶的帽子，帽子上缀着金铃，脚上蹬着红棉靴，跳起舞来，铃声轻响，婀娜多姿。如果舞者有一双水灵灵的大眼睛，顾盼流转之间，不知会迷倒多少男人。

152 ·
繁华如锦的
那一场
相遇
NA YICHANG
FANHUARUJIN DE
XIANGYU

　　龟兹是丝绸之路上的重镇，也是西域三十六国中最大的国家。尽管曾经强大的西域古国消亡了，但沙漠里最瑰丽的乐舞依旧鲜活，她们把龟兹乐器和舞蹈的精华带入中原，在中原大地上落地生根，繁花如锦。

于阗之缘

凡事都要讲究缘分的。

灵性的玉，更是结缘的一种。2011年去台湾，在一家玉石店里，一只翡翠玉镯吸引了我的眼球，看了几次，谈了几次，终因价格太高没有买下来。

喜欢是喜欢的，但一转身，就擦肩而过了。

夫君去和田，不声不响带回了一只玉镯，颜色墨绿，质地通透；戴在手腕上，大小正好，自然极为欢喜。

台湾见的那个玉镯，是脆生生的翠绿，仿佛能冒出油来，不过与我少些缘分，终究不属于我。伴我身边的必定有缘，绿如青苔的玉镯，幽暗古旧，恍如隔了几个世纪的美人，在小镜子里若隐若现。

似乎照见了一个名叫于阗的古国，以及昆仑山下产玉的两条河——白玉河和墨玉河。于阗，是藏语的译音，意为"产玉的地方"。现在的新疆和田，就是西汉时，西域三十六国中的于阗。想这玉镯，骨子里一定流淌着于阗的血，一定与古老的于阗有着千丝万缕的联系。

于阗，曾经是古丝绸之路南道上的重要交通枢纽。与其他国家不同的是，于阗引进了中原的蚕桑养植和丝绸纺制技术，成为西域的一个丝绸基地。所以，这里桑树连荫，机杼不绝，有"丝都"之称，一种名叫"施绸"的本地特产因质地柔软、轻盈飘逸，深得中原王朝的王公大卿所青睐。

盛产丝绸的古国，也因美玉名扬天下。于阗玉，古称"昆山之玉"，是玉中上品，或白如脂肪，或黄如蒸粟，或黑如点漆，或红如鸡冠，或绿如菠菜。不管如何颜色，玉与山水共存，透着灵性之美。

明朝宋应星说，所有的玉石都是隔着水，吸收月光之精华的。因为玉石是从山上被水流冲击下来的，采玉的人一定在明月当空的秋季，沿河去寻找；天上的月亮、水中的玉石，清澈的河水，还有采石的女人，构成了一幅绝美的画卷。

于阗玉是让东方人迷恋了千万年的神石。西方人爱金，东方人爱玉，玉和人是讲缘的，只有经过人的手和心灵加工的玉，才能成"器"。正所谓黄金有价玉无价，若身边的玉与人结缘，便成了庇佑你的神灵。

是的，于千山万水之间，有那么一块玉，守候在寂寞的深山老林里，饮朝露，沐晚霞，忽然有那么一天，它心动了，搬动了自己的身体，从山上流到河里，在一个有月亮的晚上，被人欣喜地捡起，辗转着，打磨着，成了今天流光溢彩的一件工艺品。

而我执着地站在路旁，等你跋山涉水、千里迢迢而来，等我们相逢的那一刻，无须言语，眼波流转间，就认定了彼此。

就像这玉镯，来自于阗的玉，不管是经历了几世轮回，不管看过了多少风云，淡淡地来到我身边，静静地落在我的手腕上；用它的水润滋养着我，用我的体温温暖着它，不离不弃，相依相伴。

寂静欢喜，暗地里开出花来。难道，这不是一种缘分吗？

楼兰之谜

识楼兰，应是在诗里。

从小喜欢李白的诗，一首首读下来，激情豪迈，浪漫飘逸，一直读到"愿将腰下剑，直为斩楼兰"，心里恍然一惊，此诗杀气腾腾，慷慨激昂，定有来头。

与李白《塞下曲》有异曲同工之妙的，还有王昌龄的《从军行》："青海长云暗雪山，孤城遥望玉门关。黄沙百战穿金甲，不破楼兰终不还。"

不经意间，就这样记住了一个叫楼兰的古国。

在唐代一些边塞诗中，屡屡提到楼兰。这里，为什么是一片金戈铁马、气吞万里的杀伐之声呢？又是怎样从中国的版图上神秘消失的呢？

楼兰，位于新疆塔克拉玛干大沙漠的东部，罗布泊的西北缘。它地处汉与西域诸国的交通要冲，是古代丝绸之路上的重要一站。丝绸之路由敦煌向西，在楼兰地区又分为若干条通道。正是东西方在丝绸之路上的通商贸易，才使得楼兰这个随水而居半耕半牧的小部落，成为了当时世界上最开放、最繁华的大都市之一。

如此要塞，自然是兵家争夺之地。汉武帝命张骞通西域，楼兰是出河西走廊后的第一镇，而匈奴为了阻断汉帝国与西域各国的联系，命楼兰王杀汉朝使臣。楼兰为了自己的政治生命，充当着"两面派"的角色，周旋于汉与匈奴两大势力之间，后来匈奴战败，归依汉朝的楼兰得到了好处。交通繁忙，经济繁荣，中原的商品和工艺也借着丝绸之路传入楼兰。

然而，世事难料，曾几何时，这个赫赫一世的古国，这座繁华喧闹的古城，便在公元四世纪神秘消亡了。楼兰，只活了几百年。

消亡之谜，一直没有定论。有自然环境的变化之说，也有政治经济中心的转移之说，还有人类活动破坏自然的说法。种种猜测，只能是猜测。

而沉寂了1000多年之后，楼兰，这个充满传奇色彩的古国，掀开了神秘的面纱，强烈地震撼着人们的视觉神经。

所以，请一定要记住这位名叫斯文·赫定的瑞典探险家。19世纪初，是他和他的探险队在罗布泊荒原找到了这座失落了的城市。荒无人烟的废墟，灰色的城墙，沧桑的古城，长长的街市，参差不齐的房屋、高耸的泥塔、荒废的烽火台……一座城市横亘在沙漠上，如海市蜃楼，让人目瞪口呆。

当然，我们也不能忘了中国女考古学家穆舜英带领的考察队。1980年，他们在罗布泊北端，一片干枯的芦苇地下，发掘出一具女性干尸，干尸头上戴一种尖尖的毡帽，帽后还插着雁翎；上身裹着粗糙毛织毯，下身裹一块羊皮，脚上穿一双短腰翻毛皮靴。女尸保存完好，40岁左右，脸面清秀，鼻梁高挺，眼睛深凹，这就是后来轰动世界的"楼兰美女"。

而此地，出土文物极为丰富，满地是唾手可得的古钱币、碎陶片，许多古代干尸、墓葬器皿，因沙体搬家而裸露在外，此外还可找到一些字迹依稀可辨的汉文木简和文书等珍贵文物。其中汉代的织锦是弥足珍贵的文物之一，色彩绚丽的汉锦，上绣"韩仁绣文丸（纨）者子孙无极（即子孙满堂）"、"昌乐光明"、"延年益寿长葆子孙"等，十分精致美观。

可见，汉代的织锦已逐渐走出中原，在西域遍地开花了。

"君不见走马川行雪海边，平沙莽莽黄入天。轮台九月风夜吼，一川碎石大如斗，随风满地石乱走。匈奴草黄马正肥，金山西见烟尘飞，汉家大将西出师……"

唐代边塞诗人岑参的一首《走马川行奉送封大夫出师西征》，似乎让我们回到了那个烽火烟尘的岁月，黄沙满天，狂风肆虐，战事不断。而楼兰，百代风流，千古繁华，就消失在黄沙莽莽的天尽头。

心上的莲花

夏未央。

莲花开了，出尘的容颜，不染的绝美，在绿叶碧水之间，飘来淡淡的清香。我走近，为了那一刻的心动和缠绵。

莲花池不大，狭长、灵巧，人工精砌而成，如一位小家碧玉，藏秀于景区一角，含羞含情。池中是一组蚕桑文化石刻，以立体浮雕的形式描述了中国古代丝绸生产过程中采桑、养蚕和纺纱织绸这几个劳动场景。池边却有奇石突兀，一块接一块，嶙峋错落，更令人眼睛一亮的是，每一块石头上的字与丝绸文化有关，比如"缫"、"缦"、"纱"、"绫"、"纺"、"绵"等，这些带有"绞丝旁"的字都采用了历代著名书法家的字体，细细数来，有108个，真是石石有字，字字有丝。

水清澈，鱼浅翔，正是莲花开时，花石含情。

其实，第一眼我就喜欢上这里了。那是去年夏天，我突然发现这里的莲花开了，紫色的、红色的、黄色的花就这样旁若无人地开了起来，不多，也不少，似乎随意地把自己安放在一个地方，这里一朵，那里一朵，一颦一笑，雅致安静。

突然想起"心上的莲花"这几个字来，觉得与此景此情十分妥帖。

周敦颐《爱莲说》："予独爱莲之出淤泥而不染，濯清涟而不妖，中通外直，不蔓不枝，香远益清，亭亭净植，可远观而不可亵玩。"莲，原来一直都是这么的飘逸出尘，宁静高贵，却又莲心慧质，默默无言。

内心深处是那样地喜欢莲，喜欢你开放的模样，天真无瑕，清纯明净。你开放，我的心阳光灿烂；你凋零，我的心寒风凛冽。在你的身边，我仿佛能听到天籁般的声音从心灵深处响起，那么动听，那么超然，如此天地之间，物我两忘，浑然天成。

莲花有"凌波仙子"、"水中睡美人"之称。青青莲叶，像无数没有扇柄的暗绿的扇面，轻轻地铺在莲花池里。静卧在一泓碧水中的睡莲，沉浸在自己的世界里，有着矜持超脱、芳华四溢的意境。

晨梦初醒，你从时光的彼岸涉水而来，玉蕾娇羞、绣裙婆娑，陌上风悄悄地拂过枝头，一颗晶莹的露珠摇摇欲坠，仿佛一触即落，美得惊艳。你娇媚的身姿，娉娉婷婷，从骨子里渗透的无限风情，给岁月一个浅浅的回眸。

雨落的黄昏，你轻沾花香，欲语还羞，滴落碧荷的雨声犹如点点琵琶，清幽缥缈，四周弥漫着醉人的芳香。你一闪而过的身影，惹得多少蜂乱蝶狂？浅笑顾盼间，流转了红尘，一朵含香的心事，又会挑动谁的笔尖？

你一定是诗经里明媚的女子，在水湄边起舞，清风徐徐，长袖舒卷，伴一隅千年的江月，剪一段绮丽彩虹，以花瓣绽放的身姿，边舞边歌。一身妖娆，迷了人眼，醉了流年。

　　你就是那宋词里依栏伫望的女子，沐浴着和风细雨，看云卷云舒，花开花谢，心中萦绕着天籁似的梵音，灵魂如月光飘逸，飞出捆绑心灵的栅栏，徘徊于山水之间，剔掉了所有烦恼和尘埃。那细细碎碎的轻愁悄然落在衣襟，风吹无痕。

　　想你，在心中。

　　心中有莲，丝丝缠绵。我知道，我一直在等待心灵深处那一场声轻微的回荡，等候生命中最完美的瞬间，等待你莲花般的倾城一笑。

　　一朵朵莲花在我澄净的遐想里盛开，开在炎炎烈日的七月之末，舒展着婀娜多姿的身影，倒映在碧波如镜、静寂如烟的水面里，纤尘不染，满眼芬芳。这一刻，我是如此安详，如此宁静。

　　心上的莲花，丝丝缕缕的牵挂。

嫘祖始蚕

如果，这一生能够实现自己的梦想，那也是了不得的事；如果，这个梦想能够让世世代代受益无穷，那无疑就是"超人"一枚。

嫘祖这样一个女子，无论用怎么样的形容词，都不为过。除此之外，我已词穷。

她是黄帝元妃，我们炎黄子孙的伟大母亲，也是世界上蚕桑丝绸的伟大发明家。丝绸作衣，是柔软的、丝滑的，由内而外渗透出来的，却是一种温暖，一种无法言说的念想。

远古时代，蛮荒之地，我们的祖先茹毛饮血，过着夏披树叶、冬穿兽皮，一年四季衣不蔽体的生活。西风萧瑟，春寒料峭，任时光荏苒，无限苍凉。

这时，一位冰雪聪明的姑娘登场了，她是西陵部落首领的女儿嫘祖，嫁给了中华民族的人文始祖黄帝。那是一个春暖花开的季节，嫘祖在侍女们的簇拥之下，来到御花园中散步，抬头看见一位仙女飘然从天而降，移着轻盈的脚步，缓缓而行。突然，晒在庭院间的马皮飞来，裹着仙女腾空上树，化为头似马面，身材细长的"虫"，吐出闪亮的细丝，结成丰满的白色果实。

这是什么？多么美丽的外形，还散发着一股馨香！

嫘祖皇后命令一个小侍女爬上树去，逐个地采摘抛下。凑巧有一个抛在一位侍女为皇后捧着的盛热水的杯里。没想到的是，从热水杯里捞出来的"果实"，居然变成一缕缕纤细的丝来，又细又长，光滑轻盈，源源不断的丝总是捞不完，把她们看得着迷了。

嫘祖自然不同凡人，她觉得其中必有奥妙！就命侍女们把这些白色的"果实"都采下来，带回王宫，放在热水中抽出丝来，然后又用灵巧的双手织成丝绸织品。

我猜，从蚕到丝，从丝到绸，这过程肯定是一波三折。用如今的话说，嫘祖是一个伟大的科学家，经过无数次的研究，无数次的实验，这项惊世骇俗的发明才问鼎于世。清溪里小鱼给她的灵思颖悟，从蜘蛛结网中得到启示，使嫘祖把梦想变成现实，创造发明了养蚕、抽丝、编绢、制衣之术，并将此法传遍四方。

那时，我们不懂科学，也不搞发明创造。一个偶然事件，成就了嫘祖衣被天下的美丽故事。这在中国古籍《通鉴外纪》、《淮南子》等书上都有记载，一直到历代的农书上，都保留着这一几乎成为经典的传说。

一直以来，人们以十分崇敬的心情来怀念这位古代中国的伟大母亲。为了感念嫘祖"养天虫以吐经纶，始衣裳而福万民"的功德，就将她奉为"先蚕"，即民间的"蚕神"。

丝衣饰百骨，文绮丽千年。嫘祖纤臂一挥，挥出了中国丝绸华丽的一面。

中国灿烂的丝绸文化，犹如一幕幕精彩绝伦的历史画卷，从嫘祖的冰雪蚕丝开始，凝聚着她的睿思构想。从此，在黄河、长江流域，早已桑树满园，蝉鸣悦耳；从此，人们丝衣裹身，有了高贵的丝绸着装；从此，古老的中国开创了炎黄子孙丝绸文明的新纪元，成为当时令人羡慕的"赛里斯国"，创造了一条连接亚、欧、非三大洲举世闻名的"丝绸之路"。

这是一曲宛如天籁的丝绸史歌。一路走来，荡涤山河，清明乾坤，缭绕于上下五千年；千回百转，婉约着，绮丽着人们的梦境，直到多少年后，浮世桑田依然刻骨铭心。

谁动了中国蚕种？

一个尊贵的公主，却是西域历史上最美丽的小偷。你信吗？

因为爱情。

被爱情迷醉的时候，往往是奋不顾身的，哪怕头上悬着利剑，也无所畏惧了。据传说，东国（即中原）公主敢忤逆国王，把蚕种和桑籽藏在皇上赏赐的凤冠里，在侍卫一道道严密检查中，侥幸过关，献给心仪的夫君，把中原的丝绸之种燎原在西域这片神奇的土地上。

古代，中原的丝绸出口到西域甚至罗马，那薄如蝉翼、柔若鸽毛的美丽总是在触动西方人的神经：这是怎么生产出来？

迫切想知道栽桑养蚕的秘密，迫切想知道丝绸生产的技艺，不仅仅是远在地中海的罗马人，也包括西域的瞿萨旦那国（即唐代的于阗国，位

166 ·
繁华如锦的
那一场
相遇
NA YICHANG
FANHUARUJIN DE
XIANYU

于今新疆和田附近）的年轻国王。

可是，中原皇帝对这项"专利"实在防范得紧，一朝一代下来，都有一个不成文的规定：谁要是泄露了养蚕的秘密，谁就得判极刑。

要想得到贵如黄金的丝绸生产技术，简直比登天还难。尽管西域人上了一些手段，比如偷运、卧底，但都没有成功。

灵感也许只在一刹那。有人给瞿萨旦那国国王出了一个点子，说与东国和亲，让公主嫁过来。

这一招果然奏效。搞好邻国关系，等于为西北边疆的安全提供了保障，东国国王答应了来使的请求，决定把公主嫁过去。

远嫁西域，公主有说不出的惆怅。这时，来使送来一张瞿萨旦那国国王的一张画像，说国王如何英俊能干，国家如何富裕繁荣。

公主盯着国王英姿勃勃的画像，一种从未有过的感觉漫上心头。这个男人，与她平时见到的男人不一样，那种粗犷强悍，那种豪放雄健，那种西域人特有的男人味，一下子击中她心中的柔软，仿佛像冰山下的一泓清泉，在阳光的照耀下明媚着。

她心里划过丝绸一样的湿润和欣喜。

一见钟情。她爱上他了。

遇上爱情，女人是伟大的，也是胆大的，对于心上人的请求，她什么都愿意去做。

"我们国家从来没有丝棉桑蚕之种，你一定要把蚕桑种带来，这样我们就可以自己植桑养蚕，穿上丝绸衣服了。"使臣带来了瞿萨旦那国王的话。

美丽娇弱的公主，小心翼翼地策划着一个美丽的"小偷行动"。

不妨展开美丽的想象。

一个月光如水的夜晚，公主和宫女一番乔装打扮，突破侍卫一道道严密的防线，悄悄潜入贮藏桑蚕种的密室，烛光微小，四周昏暗，风轻轻地吹过来，黑色的小虫子影影绰绰伏在桑叶上，慢慢地蠕动着自己的身子。尽管心怦怦乱跳，她还是咬咬牙把无数片爬满蚕的桑叶带了出来。

出关是要检查的，聪明的公主把蚕种藏在帽子里。皇上赐的凤冠，有谁敢搜？

东国的桑蚕种，中原丝绸制作的核心技术，就这样被盗出了边城，走进了西域这个小国家。

春天到了，瞿萨旦那国多了一种别样的树，那是桑树。碧绿的桑叶又成了蚕宝宝最幸福的美味。

国王与公主肩并肩，徜徉在绿树成荫的桑园里，此刻有风吹过，桑葚的甜香在空中弥漫着。国王温柔地抚摸着公主丝绸般柔软的头发，露出一抹意味深长的微笑，柔柔的，凉凉的，有丝绸的味道。

扶桑

扶桑这两个字，有美感，也有乐感。特别是那个"扶"字，从唇齿间轻轻地吐出来，若兰花香；再念一个"桑"字，像一个低眉垂首的小女人，一扭腰，一抿嘴，斜眼一瞟，顾自生出的小娇媚，令人怦然心动。

如果"日出扶桑"一词呢，仿佛一个充满朝气的男子与一个女人的缠绵，一切变得生动，甚至诗情画意，甚至心荡神摇。

扶桑，应该与神话传说中的太阳有关。

《山海经·海外东经》："汤谷上有扶桑，十日所浴。在黑齿北。居水中大木。九日居下枝，一日居上枝。"

翻译成白话文，便是：在东海汤谷，黑齿国北面，正当大水中间，生长着一种叫扶桑的大树，树上居住着十个太阳，九个太阳停在树的下枝，一个太阳停在树的上枝。

扶桑，最初是太阳栖息的地方。清晨，一轮红日从扶桑树上缓缓升起，邈远温馨，继而渐渐明亮炽热，世上万物，在他的照耀之下，茁壮成长；傍晚，太阳又像喝醉了酒似的，蹒跚着回到扶桑树上栖息。

多美好的一幅图景啊！

世上多树，桃树柳树橡树……千树万树，多不胜数，太阳为何独独钟情桑树？

传说中的植桑养蚕，是黄帝之妻嫘祖所发明的。五千年前，桑树在先民的生活中不可或缺，同时也成了人们的祭木崇拜物。祭天求雨就是在桑林中举行的，最著名的是成汤"桑林祷雨"。

《吕氏春秋》记载：昔者汤克夏而正天下。天大旱，五年不收，汤乃以身祷于桑林，曰："余一人有罪，无及万夫。万夫有罪，在余一人。"成汤下决心牺牲自己，为民求雨，在桑林筑了神坛，堆满干柴，祈祷后，自焚谢罪时，大雨倾盆浇灭火苗，浇灌了田野，救了万民，也救了汤王。

再想想，与桑有关的词语还真多，如桑林、桑梓、桑麻、桑榆、桑柘、桑园、桑田、桑蚕、桑女，还有扶桑、沧桑、榑桑等，其频率之高，非其他树木能比。

古人于桑，还有另外一种活动，是与男女之情有关的。

《诗经》中有不少以桑传情的诗句。

"爰采唐矣？沫之乡矣。云谁之思？美孟姜矣。期我乎桑中。要我乎上宫。送我乎淇之上矣！"

——《鄘风·桑中》

这简直是一段桑林幽会赤裸裸的对话。"去哪里能够采唐（即菟丝子）？

170 ·
繁华如锦的
那一场\相遇
NA YICHANG
FANHUARUJIN DE
XIANGYU

在沫水那个地方。谁是你想的人？是美丽的孟姜。到哪等我？——就在那桑林之中。到哪儿要我？——就在那神宫里。回来送我吗？——就送你到淇河边吧！"

太阳之下，桑林之上，爱情永远年轻。我在季节的深处细数光阴，你在寒冷的枝头翘首期待，岁月青葱，我们相遇相爱，坐看云起，一任花开花落、沧海桑田，美好的情怀在紫陌流年里更加清澈。

桑林里演绎的故事，令人心驰神往，也留下了无数动人的篇章。陌上采桑的罗敷，貌似天仙，冰雪聪明，机智巧妙的回答，婉拒了向她示爱的使君。而秋胡戏妻更有趣得紧，新婚三日的秋胡上京求取功名，金榜高中后衣锦还乡，路过桑园见到一位美丽的女子正在采桑，从怀里掏出一饼黄金去调戏，遭女子拒绝。悻悻然回到家里，却发现一别五年的娇妻，竟是遭自己轻薄的采桑女。妻子羞愤不已，跳河自尽。

这秋胡，玩笑开得实在太大了。

桑园青青，有爱情的浓烈，也有爱情的悲凉。哪怕最美的地方，照样生长着不同的故事，有心动，也有心疼。

意境之美，却是永恒。

亿年化石，远古遗韵

"夫天地者，万物之逆旅；光阴者，百代之过客。"是李白《春夜宴从弟桃李园序》的开篇之语，这石破天惊的神来之笔，一下就点出了千古之谜。的确，我们的一生，就像住旅舍一样，暂居在天地之间，又像过客一样，来去匆匆。

一千年太轻，一万年太短，一亿年算不算太久？我们同样找不到一个最终答案。

及至走进达利丝绸园，被亿年木化石林猛然惊醒。

整个景区有 300 多棵木化石，惊艳的是一棵长达 32 米的桑树木化石。32 米，想想看，是多少人叠起的高度啊。它横卧在景区中央，树根朝前，状如龙头，一段一段排列下去，由粗而细。整棵化石漆黑如墨、冷峻幽邃，却又细腻柔滑、清丽超逸，犹如一位隐遁深林潜修多年的道人，不知世外沧桑，却修得一身清逸之气。

据说，这是 2002 年达利丝绸工业园破土动工之日，从园区内发掘出来的，现在是整个园区的镇园之宝。

木化石有长寿石之称，新昌以硅化木、黄蜡石、水冲木化石居多。早些年，这些木化石藏在深闺，鲜为人知。在穿岩十九峰（镜岭镇）一带，村民在自家承包地上，不时地挖到这些似木非木、似石非石的东西，他们当作普通之石，放在门前屋后。在镜岭镇的一个小山村，一对夫妻足足挖了半年，"出土"了一棵木化石，这棵高 2.2 米、底部直径 3.2 米、周长 10.8 米的"宝贝"，五六个小伙子还抱不过来，当初堪称一绝。

这棵化石以粗壮称雄，而达利丝绸园的却以挺拔取胜。

抚摸木化石，遥想它的前世今生，突然想起了沧海桑田这个词儿。

亿万年前，它们还是一些树，南杉木、松、柏、银杏、桦树……郁郁葱葱，高大伟岸，耸立在茫茫森林中。在距今 1.35—0.65 亿年的中生代可划分为三叠纪、侏罗纪和白垩纪，这是一个裸子植物和恐龙统治地球的时代。在白垩纪，地处浙东的新昌气候温暖，雨量充沛，湖泊与沼泽相间，高大挺拔的裸子植物和茂密的蕨类植物群落等组成了连片原始森林，各种各样的恐龙在四处游弋：天上飞的翼龙，水中游的蛇颈龙，还有吃草的蜥龙、剑龙，食肉的霸王龙，是一个热闹非常的生命世界。

然而这一切，随着强烈的地壳运动，火山喷发和山洪暴发，一次次地把这些原始森林埋在地层深处，并被以硅为主的多种物质置换，变成了色泽黑褐、纹理清晰、坚不可摧的硅质岩石，这就是硅化木（木化石）。

地球见惯了生命的毁灭与新生，在浓烟滚滚、熔岩喷发之时，生命刹那间变成了永恒。一点一滴的硅酸溶液，慢慢地向曾经的参天巨木渗透，从木到石的演变过程是一切生命无法承受与忍耐的长痛。

历经亿万年的风吹雨打，亿万年的天地裂变，大自然化腐朽为神奇，把短暂的美丽凝固成亘古不变的自然象征，再次给人类展现。

石的坚硬，木的纹理，玉的晶莹……走近看去，外形各异的木化石年轮清晰，石质坚硬，硅化程度很高。有的树根保留完好，有的甚至连树皮、树节和蛀虫咬过的疤痕都被完整地保留了下来，像是在向人们诉说着发生在上亿年来自己神奇的身世之谜。

新昌是中国四大国家级硅化木地质公园之一，大多数木化石都形成于1.3亿年前的白垩纪时期，被地质专家誉为"硅化木的地下宝库"。前些年，新昌在穿岩十九峰景区规划建造了硅化木国家地质公园，在大佛寺景区建成了木化石恐龙园。而今，达利丝绸园又立地而起，造就了一个木化石林。

徜徉在木化石林里，那一个个凝脂般细腻，如玉般光洁的生命，此刻寂静无声。是啊，火山与山洪的相遇，瞬间成就了木化石，让它的美丽永恒定格。

比照上亿年的木化石，数千年的人类文明不过沧海一粟，非常渺小；人生苦短，转瞬即逝，每一分每一秒都不会重来。因此我们必须学会珍惜，珍惜每一寸光阴，每一次相遇，每一份快乐。

人生不会再重来，未来永远是个未知数！

穿越千年古桑

　　阡陌纵横，桑林遍布。曾经江南的田野，应该是桑树的天下。斜风细雨中，麦苗青了，菜花黄了，便有翠绿的光芒浮起。

　　桑树总是被第一声春雷喊醒的，当它耸起了耳朵，眼睛也变得清亮亮的，枝丫上米粒大小的牙苞，突然之间张开了小嘴巴，悄悄地吐露出鹅黄色的细叶。一场春雨袭来，叶片像紧握的拳头迅速松开，刚刚还是鸡蛋般大小，转眼间就像手掌一样了。春风吹来，枝叶舞动，桑园到处散发着淡淡的清香。

　　然后，是一群罗衣布裙的姑娘，或是手挽藤篮的媳妇，穿梭在桑园里，双手上下翻飞，一片片桑叶便堆在篮子里。

　　然后，罗敷一样的女子，在桑园里开出一片美丽来，被惊呆的不只是行人、少年，还有官吏。

桑园，更像一个选秀场所，采桑女一个赛一个美，生生地勾走了路人的魂。

......

这一个不可复制的场景，只在《诗经》里留下了灿烂。郁郁葱葱的桑林，男女幽会的浪漫之地，今又何在？

走进丝绸世界景区，便可体会到这样一幅似曾相识的画卷。

四周桑树环绕，枝叶茂密。如果你愿意，会在景区深处找到你想要的桑树——用来喂蚕也盛产桑葚的那一种。

时值盛夏，淡淡的阳光笼罩着青青的桑树，苍绿肥硕的老叶和柔软纤弱的嫩叶，相约在枝头招摇；大红的，紫红的，半红半白的桑葚，在茂密的树叶间探出一只只大大小小的眼睛，探看着这个缤纷的世界。

在这里，可以体验采桑叶和摘桑葚的乐趣。完全可以把自己放纵于陌上阡头，怎么放松怎么来。

桑树品种很多，分属于15个不同的种类。中国是世界上桑种最多的国家，当然也是种桑养蚕最早的国家，桑树栽培已有七千多年的历史。桑树属落叶乔木，适应性很强，生命力非常顽强，寿命可达千年以上，是有名的长寿树种。

千年桑树园，就是景区一景。

100多棵古桑立在园中，似一个个俊秀的青葱少年，挺拔多姿。一阵风过，绿叶婆娑，簌簌作响，像暗地里掠过清脆的琴声，清冷而舒缓。

这些古桑树，均是全国各大水系兴建大型水库时，从库区抢救性移植而来的。它们的树龄有的高达几百年，有的甚至已达上千年，其中最古老的可以追溯到魏晋南北朝时期。从目前来说，这片古桑树最为集中的主题园林，是全国独一无二的。

此外，园内还有两位"天外来客"——两棵千年古桑。

这两棵古桑是园区内树龄最长的，他们原生长于"世界屋脊"青藏高原西藏自治区林芝境内，树龄已达 1600 多年。2010 年，雅鲁藏布江兴建大型水电站，两棵古桑无家可归，通过西藏林业厅批准，它们从库区"嫁"到了新昌。

被誉为"中华圣树"的两棵古桑，一左一右耸立在园内。原来，桑树也有雌雄的，右边那棵"桑树王"，胸围 870 厘米，树干傲然挺立，树根苍劲有力，花序下垂，不结果实；左边的称为"桑树王后"，胸围 800 厘米，树干卓然屹立，树根盘错绵延，花序直立，聚花果长卵形至圆柱形。如今，历尽沧桑的桑王夫妻老树新枝，生机勃发。

置身在一棵棵古桑集合而成的树林里，四周弥漫着一种神秘气息。阳光下，树林浓郁，桑叶的脉络清晰可辨，极像历史老人手上的血管。风一来，叶片沙沙声响起，摇落一地岁月的传说。

抚摸着枝干苍劲、霜皮虬柯的古桑树，就像触摸一段鲜活的历史。在这样一个个传奇的故事里，才能领会正道沧桑的真正含义。

采蝶湖边，在最美的年华相遇

于千万人之中，遇见你要遇见的人。

于千万年之中，在时间无涯的荒野里，没有早一步，也没有迟一步，遇上了也只能轻轻地说一句："你也在这里吗？"

最喜欢读张爱玲这段经典名句。不管如何开始，不管如何结束，无关未来，也无关人生，只是，我们在此相遇，相遇在最美的年华里，邂逅一场风花雪月的浪漫，温暖彼此平淡的一生。

若，相遇采蝶湖，我便是那个白衣素裙的女子，在岸芷汀兰、郁郁青青的岸边，临湖静坐，一任时光荏苒，沧海桑田。

湖不大，小巧玲珑，边上是一片开阔的桑树林，湖岸杨柳依依，紫薇开得正旺。淡淡的花香招引来不少蝴蝶，起落翻飞，穿梭在花间。湖心有一小岛，芳草萋萋，几只漂亮的雄鸡在草丛里

NA YICHANG
FANHUARUJIN DE
XIANGYU
那 繁 如 相
一 华 锦 遇
场 的

178 ·

觅食，突然间引颈高歌，打破了这里的平静；随之，又有"嘎鲁——嘎鲁"的声音传来，恍惚间，不知从哪里跑出来三只黑天鹅，伸腰、展翅，视湖面为舞台，大摇大摆地"做秀"。

定睛一看，岸边居然有一处精美的"天鹅小屋"。天哪，难怪天鹅持骄，原来得此恩宠。

隔岸，又是一湖荷池。荷花已呈凋谢之姿，叶掩面，花倦开，只有一些锦鲤鱼浮来游去，自在悠闲。

采蝶湖，是适宜做梦的地方。

夏日的午后，采蝶湖静到空寂。不被打扰的清静，无人喧嚣的独唱，芬芳四溢的花香，一切仿佛在梦里。庄周梦蝶，或是蝶梦庄周，是一个永远说不清的事儿，而我可以，坐在城市的一端，一个闹中取静、高度休闲的地方，闲看流云，大口吸氧，做着自己的梦，静静地等你。

遇见，或是等你，是内心绽放的美丽。

也是初夏，丝绸世界里的"临水照花人"林王心美穿过香港的繁华，跟随夫君——"丝绸之王"林富华来到采蝶湖。微微的清凉里，薄薄的阳光下，他们携手相伴，巧笑倩兮，那一身优雅的美丽，那一刻的心动和默契，就这样定格在采蝶湖畔，灿烂地落在了尘世间。

那段美丽竟是一别不再。是一场怎样的匆匆，让她花落无语，泪湿青山？是一场怎样的无奈，让她抛却尘世，羽化而去？红尘漫漫，风雨飘摇，褪尽了生命中那绝世无双的容颜。

谁苍白了谁的等待？谁无悔了谁的执着？谁渲染了谁的流年？多少人在徘徊，在等待，最终都会随时光沧海桑田。而那些拥有过的记忆、花开的彼岸，那一次旁若无人的绽放，是不是在心海中成为永世的长眠？就如来过再也不曾离开，一生一世。

不说永远，因为永远太远。遇见你，是一种不期的缘分；爱上你，是命中注定。我们相遇在最美的年华里，许多幸福和感动早已镌刻在心底，深深藏，不曾忘。

因为懂得，所以相知；因为有你，此生阳光明媚。恩爱的光阴无论长短，只要爱过，足以温暖一生。

采桑蝶儿时时舞，清风杨柳处处娇。采蝶湖边，杨柳如丝，晓风轻拂。沏一壶花茶等你，身后是千年古桑，亿年奇石，偶尔有鱼儿跃出水面，泛起一阵涟漪。我为你斟一盏岁月沉淀的芳香，静听时光流动的呓语，回味一段美丽的故事。

这样就好，能让水草和荷塘鲜活起来，捡拾起随意浮动的快乐，许心情一场曼妙的舞蹈。

倘若有缘，我愿意在采蝶湖边相遇，牵你的手，向青草更青处，踏着时光的脚步，慢慢老去。

初驴决战四明山之巅

　　其实我很想成为驴友中的一员，但跟随强驴老驴们山高路远长途跋涉，怕自己吃不消。一次偶然的机会，一不留神"强驴"了一回。

　　蓝天刚建了一个同学群，在群里安排周末活动。我提议说去爬山，她连声说好，不一会儿弄了个帖子来，说有驴友周末游红佛寺。红佛寺这条线路，有四明山、寒峰飞瀑等景点，心里暗生欢喜。那好，报名吧。群里响应者不少。

　　这个驴友团一共48人，其中就有我们8人小分队。第二天雄赳赳气昂昂，浩浩荡荡出发，游完红佛寺后，向四明山之巅进军。四明山脉绵亘上虞、嵊州、余姚、鄞县、奉化五县（市），其最高峰在嵊州市境内，海拔1018米，名曰金钟山。

　　那天下雨，却一点不惹人讨厌，柔柔的雨丝吻在脸上，麻酥酥的感觉一直润进心里；草木滴绿，浅绿、翠绿、深绿……一路变换出深深浅浅的好心情，大家忍不住放声高歌。

我们几个初驴放心地把自己交给驴友，一起走一起笑，曲折迂回的山道、险象环生的陡壁，都被我们一一征服。转眼之间，已是一片开阔之地。登上这条长长的防火道，之巅就是金钟山了。

"咦，红鱼怎么没动静啦？难不成她趴下了？"同学们疑惑地问。

的确好久没有她的动静了。谁知，后面跳出一个声音："青荷居然在我前面，我不服！"

红鱼说完，呼哧呼哧地追赶上来。红鱼是我朋友，原来我约她时只说去爬山，她说，你去哪我就去哪。原来她早就胸有成竹：青荷去得了的地方，她也能！

只是她做梦也没想到，这次要决战的是：四明山主峰——金钟山！而且从一开始，我几乎一直冲在她前面。

要最后冲刺了。防火道上都是连绵的石头，突兀着到山顶。红鱼拄一根拐杖，一定要跑在我前头。我坚持用着我的长柄雨伞支撑着上山，一边大喊"狼来了！"，追着红鱼向前冲。还不忘调侃一句："我高姿态呢！让你一回，免得你回去睡不着觉。"

驴友们把山巅作为进攻目标，跃过重重石浪，争先恐后往前冲。海拔1018米，我们征服了！

山顶是一块不大的平地，一根石柱书写着"四明山"几个字，高高的铁架凌空而立。四周很静，一片苍茫，山风吹来，浓重的雾从眼前飘过，仿佛伸手就能抓来一团湿水；被云雾缠绕的山顶，除了脚下的雾，就是顶上的天，好似仙境般虚幻缥缈，我简直怀疑自己是否来到了神仙居处。

胜利是暂时的，下山的路更难，难得超乎我们的想象。同样是防火道，却根本不叫路，险峻而又陡峭，刚下过雨，滑梯一般。"咚"地一声，前面的驴友脚下一滑，滑出丈余，重重地摔了一跤，挣扎着爬起，又跌倒。不一会儿，轮到我"扑腾"了，也是二次"中奖"。后据报告，我们一行8人，这条路上摔倒3人。

更惨的还在后头。山路都是一些不大不小的石头，在驴友的打扰下，时不时地要滚下来，很容易砸在前面的驴友身上。而我，是这次唯一的"中奖者"。"青荷，小心石头！"话音未落，一块拳头般大小的石头飞滚而下，不偏不倚击中我的脚踝。立即，脚踝破皮了，还肿成"馒头"，疼是钻心的，但战场没有眼泪，我坚持着一拐一拐下山。

初驴归来，痛并快乐着。

在章镇，猕猴桃的前世今生

初秋的一天，应邀来上虞章镇，赶赴一场仙果之旅。

已经多次来上虞采风，丁宅桑葚、二都杨梅、盖北葡萄……有四季仙果之誉的上虞，每一处经典都在诱惑我。而这一次，等待我的该是怎样的一种风情？

猕猴桃是章镇的第一品牌，入章镇路口，便有大片大片的绿叶迎着阳光生长，风轻轻地吹过来，把叶子的正面反面挤在一起，一团团斑驳的光影落在地上。置身在这片绿色的海洋，我费力地在枝盛叶茂中寻寻觅觅。

猕猴桃呢？猕猴桃去哪里啦？陪同的小周说，枝头没有了，因为已落市。

两年前去二都赴杨梅之约，一大帮人呼啦啦地闯了进去，却只有几颗稀稀落落的杨梅勉强挂在枝头。如今来章镇，莫非又是一场错过？错过了采摘旺季，也就错过了一段缘分，不过，在青山绿水间，闻着空气也是甜香的。

枝头没有，难不倒小周，她提来一袋猕猴桃，淡青色的果子像青涩的玲珑少年，紧实而又饱满。捏一个软乎乎的掰开，芝麻一样的小黑点从红色的果心由密而疏，一点点放射开去，犹如太阳光芒四射，色彩鲜美。小周说，这叫红心猕猴桃。

红心猕猴桃其实是从野生猕猴桃改良来的。

上虞一带，山林茂密，满山遍野长着一些知名或不知名的野果，叫法不尽相同。单是猕猴桃的叫法就特别多：苌楚、猕猴梨、木子、杨桃、阳桃、藤梨、连楚、二维果、毛木果等，如今还形成了章镇猕猴桃最新品牌舜阳、红阳。猕猴桃到了国外，称呼也各异，美国人称其为醋栗，英国人叫它中国鹅莓，日本人叫它中国猴梨，新西兰人称它基维果，翻译成中文则叫奇异果。

曾经对奇异果的名称很奇怪，这种进口水果是什么呢？天外来客似的，一定有几分仙气。打开一看，不就是我们的猕猴桃吗？只是模样精致秀气些罢了。其实，这些来自新西兰的奇异果，祖籍在中国，就是我们土生土长的猕猴桃。100多年前，一位新西兰的女校长在中国旅游时，发现了猕猴桃，并将它带回新西兰进行改良种植。后来这种被称为奇异果的猕猴桃在国际上名声大振，之后又大举"入侵"中国，价格却比中国的猕猴桃翻了数倍。

尽管后知后觉，品牌还是要自己创。20世纪80年代，章镇村民开始对野生猕猴桃进行嫁接改良，种在园子里，像宝贝一样地侍候，施肥，打药，剪枝，甚至请专家来讲课，做各种各样的试验。前几年，一位姓叶的村民率先从四川昌溪引进品质优良的"红阳"猕猴桃进行种植，并组建了章镇绿叶农庄。在他的影响下，周围的村民闻风而动，山坡上、田野间，到处开满了许多伞状一样美丽的花。花下，就会结出圆嘟嘟的猕猴桃。

脱胎而来的红心猕猴桃，小心翼翼地在田垄间生长。那宽阔的间距，那人工搭建的水泥架子，还有洒下来的无数阳光，简直像一位被包装过的明星，高贵而显气质。

猕猴桃有"维C之冠"的美誉，其果肉绿似翡翠，清香诱人，吃起来甜中带酸，味道极其鲜美。据说此果与一个叫谢灵运的名人有关。

谢灵运是中国山水诗的鼻祖，1500多年前的上虞南部和嵊州北部一大块区域，叫始宁县。谢灵运喜欢游山玩水，为了探寻优美的山水奇景，不惜逢山开道、遇水搭桥。有一次，他突发奇想，带着三千家丁僮仆，从始宁山上出发，一路破岩伐木，向南行进，一直到达台州临海，声势浩大。

这次长途跋涉异常艰辛，困难不少。有一次连续几天几夜下着大雨，桥毁了，路断了，众人被困在山上，连吃的都成了问题，大家肚皮空空，无精打采；几个小僮仆却嬉笑打闹，精力旺盛，原来他们爬树攀藤采来一种野果，吃得津津有味。谢公对这种野果本来不屑一顾，刚好肚子饿了，这毛茸茸的东西诱发了他的胃口，揭开皮一口咬了下去，只觉得那果肉酸酸甜甜，满口生香，顿觉精气神大足，直呼：此乃仙果也！

为什么小僮儿的体格明显比其他人要好，人也机灵，精神更足？很可能是因为常吃这种野果的缘故。见多识广的谢灵运明白了，这个叫木子的果实，不仅可以充饥解渴，还有健身壮体的药效功能，比如祛风利湿、清热解毒、活血消肿等。于是，他把这个野果当成自己老家始宁县的风味特产馈赠给达官贵族、亲朋好友，甚至带到了当时的京城建康（今南京）。渐渐的，这种野果成了他们案头常备的水果珍品。谢灵运嫌木子名字不好听，就改称为杨桃、猕猴桃。

谢灵运不仅干了一件诗情画意的闲事，并且把一种土头土脑的野果子，有名有姓地召唤出来，变成一位俏姑娘的模样。如今身价百倍的猕猴桃，灿然活跃在章镇这片土地上，日月辉光，万千宠爱，散发着一种自然科学的气质和独特的文化韵味。

最是迷人在草原

丝路遗风

草原很辽阔，寂寥而空旷，有青葱的绿和无边的愁，适宜做梦。

小时候，我看过电影《草原英雄小姐妹》。其中有个片段说的是，龙梅与玉荣这对小姐妹为队里放羊遇上暴风雪，一只羊被埋进了雪里，玉荣扒雪救羊时，掉了一只毡靴，但她毫无察觉，心里只有一个念头：一定要好好保护集体的财产。

夜。漫天风雪。

一对小姐妹在沦陷，在挣扎，在搏斗。天不应，地无语。

就这样，这个片段深刻地印在我的脑海里。

我到草原的时候正是夏季。我努力挤掉草原风雪的记忆，如风般扑进无垠的绿色里。打个滚，然后嘴里叼一根青草，抬眼看见了洁白的云、湛蓝的天，一阵风来，空气中滑过一丝草香。

身边的草一株一株地看，很普通，叫不出什么名，也不讨人喜欢。私下里以为，家乡的狗尾巴草也很好看，无色无香的妖娆，美过姹紫嫣红。但草原的特别之处，是把这些草们集合起来，排成队连成片，一望无际，只剩下绿，无穷无尽的绿，从身边散开，一直铺到天边；风一声喊，所有的草们朝向一个方向转身，整齐有序又婀娜多姿。

风吹草低见牛羊。此刻，黑的、白的，黄白、黑白相间的奶牛们踱着方步，不紧不慢地现身草原，远远看去，星星点点，如移动的云朵。

有一浅湖镶嵌其中，水清澈洁净，偶尔有几头奶牛在毫无规则的岸边悠闲踱步，眼神一波一波地，似乎在传递只有它们自己才能明了的心思。

呼伦贝尔大草原，静心，更净心。

草原的美色掠走了我的魂灵。唯有留下来，用我有限的时光，一寸一寸地抚摸着它的肌肤，感受它亘古清远的气息。

放马草原，最是应景。于我而言，马，只是摆 Pose 拍拍照而已。

赶路得用汽车。

汽车开进草原，无边无际，眼看到了天边，之后还是草原。草原深深深如许，晓风残月，何处是尽头。车上看碟，是 33 集《成吉思汗》电视连续剧，居然沉迷其中，久久回不过神来。

一边看一边想，800 多年前的成吉思汗，这位名叫铁木真的蒙古汉子何等了得，凭借着自己的慓悍、勇敢、智慧和执着，结束了蒙古草原四分五裂的局面。这一条草原丝绸之路，浸淫着他的一番心血。

从欧亚大陆上的东西方文化交流通道来说，现在较为公认的丝绸之路有三大路线：草原丝绸之路、沙漠绿洲丝绸之路和海上丝绸之路。其中，草原丝绸之路开辟得最早。据说，这条古道为草原游牧民族所开辟，在西汉张骞出使西域、开通沙漠绿洲丝绸之路之前就已存在。蒙元时期，草原丝绸之路繁荣空前，成吉思汗及其子孙的骑兵，沿着草原丝路横扫欧亚大陆，建起窝阔台、察合台、钦察、伊儿四大汗国和元朝，把欧亚大陆连成一片。

这条草原丝绸之路，见证了东西方文化交流和历史变迁，使辽阔的内蒙古草原成为欧亚古老文明交汇之地。

成吉思汗，草原丝绸之路上的英雄豪杰。

天苍苍，野茫茫，草原上飘来荡去的云慢慢散开。成吉思汗大道宽阔荒凉，逶迤着从草原伸向白云深处，伸向遥不可知的远方。

是的，曾经称雄于亚欧草原的游牧帝国早已灰飞烟灭，一代天骄成吉思汗只留下金戈铁马、驰骋草原的银屏形象，一切的一切，慢慢融入到车窗外无垠的景色之中。

敖包相会

内蒙古的敖包，不似江南小桥流水的婉约，少了"月上柳梢头、人约黄昏后"的意境，但还是令我想起浪漫的爱情。不是敖包，而是相会这个词儿，会激活身上的每一个细胞。

辽阔的草原，除了青草，还是一望无际的青草，敖包是无穷无尽的草原中最亮丽的一抹。

是听了《敖包相会》这首歌以后，才特别怀想。是啊，敖包相会的地方到底有哪些迷人的景致？敖包相会的背后到底有哪些动人的故事？2008年初秋，终于走进呼伦贝尔大草原，邂逅了"天下第一敖包"。

这敖包在巴彦呼硕景区，也是草原风光最为绚丽的地方。不急，先感受一下这里的蒙古包。此刻，蒙古包里走出一群色彩鲜艳的姑娘们，手捧美酒和哈达作迎接状。

草原上有一种隆重的礼节，就是请您喝"下马酒"。喝"下马酒"是有讲究的，不能一饮而尽或拒绝，必须按照当地习俗，双手接过银碗，并向主人致谢，然后用左手托碗，右手无名指沾上酒水后先弹向空中，是为敬天；再用无名指沾酒弹到地面，是为敬地；最后用无名指沾酒向旁边弹开，是为敬祖。这三道程序后，才能将碗中酒一饮而尽。

围上姑娘们献上的哈达，迫不及待地想一睹敖包，那最大最美的敖包。

其实，敖包无非是用石头垒起来的形似谷囤的土堆，上头插着一丛树枝。一些彩色的布和纸做成的小旗，在树枝间绕来绕去，使这个坚硬的石堆变得柔软和风姿。

据说敖包最初的含义，是用作道路和界域的标志，后来演变成为祭祀山神和路神的地方。草原茫茫无尽头，更无方向，因为敖包的存在，人们才不会迷路；后来，逐渐演化为一种图腾被崇拜，在此许下心愿，祈求幸福。每年六七月间，牧民们举行祭敖包仪式，然后上演赛马、射箭、摔跤、唱歌、跳舞等娱乐活动。一些姑娘小伙子则借此机会躲进草丛中谈情说爱，互诉衷情，甚至暗许终身。这就是传说中的敖包相会。

在这个神秘的地方，我学着蒙古人的虔诚，祭拜山神，弯腰捡起一粒碎石，围着敖包从右向左转了三圈，把石头掷向敖包……

喜欢敖包，喜欢传说中那种叫爱情的味道。

"十五的月亮升上了天空哟，为什么旁边没有云彩，我等待着美丽的姑娘呀，你为什么还不到来哟嗬……"当十五的月亮升起的时候，靓丽的蒙古姑娘悄悄地来，草色茂盛，微风轻拂，听到远处的马头琴声，心里像蹦着个小兔子呼呼乱跳：我的哥哥，我来了！我的心上人，我来了！

星星忽然躲开，寂静的草原没有一丝凡俗的喧嚣，只留下敖包和两个人的心跳。

不需要杨柳春风，不需要花前月下，爱情的浪漫，同样可以生长在坚硬的石头之上，那几乎没有美感可言的敖包，在月色的浸淫之下，有些许柔情慢慢滋生、成长，与青草一样疯狂燎原。

这一场倾情的表演，是敖包最完美的演出。如果没有爱情的盛开，草原的春天会寂寞，敖包的传说一定会逊色不少。

敖包相会，多么美好！在美丽的大草原，在敖包相会的地方，我愿意枕着那动听的歌声入梦。

青海，美丽不只是传说

（一）

写下青海两个字，忽然沉溺其中，仿佛遇见一个高个子、大眼睛的满族女子，突然对你回眸一笑，惊喜之间，心悸动。

是《在那遥远的地方》那首歌里的姑娘吗？那么熟悉，那么亲切。

2009年去青海，路过草原上的一个帐房，真的遇到了一个姑娘。皮肤稍微有点黑，模样也不是那么俊俏，身上还淡淡地散发着羊膻味儿。她说牧羊、挤奶是她的全部生活。也许，粗糙的生活磨掉了她身上的气质，也拂去了我心里想象的美。

知道丝绸之路吗？姑娘摇摇头，大眼睛扑闪着。

我知道，她脚下那条不知走了多少次的平常之路，正是闻名于世的丝绸之路青海道。

一直以来，人们都认为河西走廊是丝绸之路的咽喉要道，连绵起伏的祁连山脉，春风不度的玉门关，大漠孤烟的戈壁滩……在丝绸之路的交通网络上，在连接东西方贸易及文化交流的版图上，这里曾经有一段辉煌的历史。

然而，青海，大美青海，曾经也一度辉煌。

魏晋南北朝时期，战火连绵，汉朝开辟的河西走廊被阻断，于是原来位于青海境内的古羌中道就开始繁荣起来。这条路从西宁开始经青海湖、德令哈到茫崖，最后进入新疆境内到达鄯善、且末、和田，然后与丝绸之路西段重合。

青海道，是丝绸之路上一个火红的"中国结"。

不妨来一次穿越。

1500年前，天空一碧如洗，草原绿似地毯，一峰峰骆驼来来往往，悠悠驼铃不绝于耳。途经这里的，有高鼻凹眼的西域商人，也有穿宽衫大袖的中原商人，骆驼背上驮着的，说不定就是五彩缤纷的绫罗绸缎。

不得不提到一个叫都兰的城市。地处柴达木盆地东南端的都兰，是丝绸之路上的一个重要驿址。在这片方圆2万多平方公里的土地，曾经何等繁华！吐谷浑从立国到成为吐蕃属国，再到吐蕃王朝崩溃，在青藏高原存在了四个半世纪，而都兰一直是其活动的中心地带。

关于丝绸的发现，有史为证。据考古专家考证，在都兰吐蕃墓葬出土的文物中，以丝织品最重要，其出土的丝绸品种之全、图案之精美、时间跨度之长，在国内考古发现中均居榜首。有的出土文物中，丝绸衣物保存得非常完整，色泽绚丽、图案清晰，连珠文饰、含绶鸟、花纹和狩猎的场景都清晰如初。目前已在这里发现丝绸350多件，130余种，其中一块钵罗婆文字锦，是目前世界上发现的唯一一块确认的 8 世纪波斯文字锦。

都兰在蒙古语里是"温暖"的意思。一直以来，人们对柴达木盆地的印象是一望无际的戈壁和荒凉，然而，在一千多年前，这里却是柏木遍布、温暖湿润、水草丰美的地方。

沧海桑田，从绿洲到沙漠，从繁华到凋零，不仅仅是生态环境的演变，也是历史不可逆转的趋势。

（二）

青海，毕竟还是神秘的，在我未去之前。

见过一位朋友的照片：蓝天白云下，一片荒凉的沙漠。他穿着短袖 T 恤，脖子上裹着围巾。于是发笑：夏天还用得着围巾？装哪门了酷啊！

防风沙啊。

哑然。

青海的风沙，比我想象的更酷。天很蓝，也不热，兴趣盎然地去日月山，下得车来，一阵强风扑面而来，四周突然飞沙走石，一粒粒细小的沙石抽打在脸上，热辣辣地疼，头上的帽子瞬间飞出……难怪，当地人出门必须戴着口罩，帽子外面还要再裹一条围巾。

两座山，不陡峭也不险峻，倚在天边相望相守，分别是日山和月山，山上建有日亭和月亭。此刻，满山遍坡挂满了经文彩旗，一阵风来，彩色纸屑漫天飞舞，如仙女撒落下的片片花瓣。

这就是唐蕃古道，越过这里，就是当时的吐蕃（即西藏）了。

这也是一条和亲之道。

唐朝文成公主从长安出发已近一年，进入藏界，她要换下轿子骑马而行了。举目一看，连绵的雪山闪着刺目的微光，　条神奇的天略在无限铺

194 ·
繁华如锦的
那一场 相遇
NA YICHANG
FANHUARUJIN DE
XIANGYU

展中生长，她感觉离开故乡越来越远，亲人越来越远，愁思如不绝的江水阵阵袭来。

唐太宗为了宽慰她，特地用黄金铸造了日月宝镜，让她带在身边。当她通过日月宝镜见到朝思暮想的家乡时泪如泉涌，突然间公主想起了自己和亲的使命，便将手中的日月宝镜挥手一扔，在落地一刹那闪出一道金光，继而变成了碧波万顷的青海湖。公主的泪水却汇成了涓涓倒淌河。

于是后人为了纪念这位伟大的公主，把这个名叫赤岭的地方改名为日月山。

唐朝的风悄无声息地漫过古道，漫过历史，长安的钟声悠然远去。此地偏僻荒凉，寸草不生，人迹罕至，像文成公主这样深居宫中的小女子，泪别双亲，不远万里出嫁到边塞之地，生活在一个文化、风物和习俗都很陌生的国度，那远离亲人，远离故土的慷慨悲壮，其壮烈程度绝不亚于一位将军战死沙场！

其实，她经历的不仅仅是一场婚姻，更是肩负着国家的重任。

正是这个小女子，在吐蕃生活了近40年，备受百姓尊崇。她促进了汉藏民族的友谊与和平，带去了中原的纺织、酿酒、音乐、舞蹈、天文、地理以及佛教，推动了吐蕃的进步与发展。

日月山上，天空湛蓝如洗，点缀着些许白云。文成公主汉白玉雕像端庄慈祥，风采依然，似乎在向过往的人们讲述那一段美丽的故事和传说。

（三）

草原已绿，鲜花竞放。一踏上青海之旅，我的眼睛就被这里独特的美丽所吸引。

都说青海的油菜花开得特别浓烈，那是因为江南过了春季，而西北的春天才开始上演。那油菜花从我身边一直开到天边，黄灿灿金晃晃，的确有些放肆，有些野性。那是一种张扬的美，把我眼前所有的一切，像磁铁般吸附在它的灿烂里。

刚刚从猝不及防的惊喜里回过神来，眼前又出现意想不到的强大的蓝。青海湖，是反射天空的颜色？还是与湖边油菜花的黄争艳？青海湖的蓝没有海洋的汹涌澎湃，比天空又多了几分妩媚。

四周高山环抱，碧波连天的青海湖如一个翡翠玉盘镶嵌在高山草原间。那一抹蓝，简直是从青海湖的深处透出来的，是青海湖的灵魂。

我去青海湖的时候，正是夏季。湖边的风很大，不是入骨的冷，刮在皮肤上却有些疼，风衣吹起来似裙裾飞扬，头发凌乱得没型。再去看蓝布一样的湖，依然纹丝不动，静若处子。

青海湖的水纯净辽远，有着海一样的灵魂和壮阔的胸襟。湖水在明净清澈的阳光下，变幻着深深浅浅的蓝色；每一种颜色的深入浅出，都仿佛应和着自然的声息和性情的流露。

如果说在海上，你会有漂泊的宿命感，那么在这里尽是安静平和、微澜不惊，是心灵阔别已久的归宿。

青海湖，是我国最大的咸水湖，藏语叫做"错温布"，意思是"青色的湖"，蒙古语称它为"库诺尔"，即"蓝色的海洋"。

有人把青海湖比做是"大海退却时遗落的一滴伤心泪水，抑或是地球山崩地裂自我颤变时留下的一份蓝色忆念。"无论是"泪水"还是"蓝色忆念"，我认为，它一定是女娲补天时不小心遗落下的一块蓝宝石，或是镶嵌在世界屋脊上的一面明镜。

所以那么美丽，所以那么沉静。

被景色诱惑，被一抹蓝打动，我不可抑制地写了一首诗。

为你而来

——致青海湖

幽兰幽兰的眼神

是我梦了几回的颜色

我抖落千年风尘

为你而来

你要相信

高原上那棵雪莲

一定是我前世的祈盼

妖娆的身姿妩媚的神态

源于你点点滴滴的滋养

我知道

你那宽阔的胸膛

几乎留不下花的痕迹

一阵浪起

所有过往便云淡风轻

与你相拥

是今生今世的奢想

我还是愿意

释放我所有的激情

守候那波忧郁而深邃的蓝

西藏笔记

进藏

进藏了。感觉真的不一样。

从重庆飞到西藏已是下午2点多。高原的太阳凉飕飕的，风也清冷，且干爽，明显的高原特质。

西藏的天很蓝，不像江南的天，永远是浅蓝，或是灰蒙蒙的。西藏的天，是安静的、巨大的，蓝得那样真实，似一块悬挂在天空上的丝绸，一波一波微微流动着，透而亮。

一朵朵白云挂在蓝天，仿佛伸手可及，而且，它不停地变换姿态，像丝巾点缀在静静的山冈上，又像一朵花在慢慢盛开，然后，又变幻出一根玉带，风一般缠住了半山腰。

忽然间有了诗意。很想，很想对着蓝天大声

198 ·

NA YICHANG
FANHUARUJIN DE
XIANGYU
繁华如锦的
那一场 相遇

抒情。

正如导游所说的，我的眼睛长在天堂，我的身体处在地狱。在没有
"高反"之前，地狱的感觉总是姗姗来迟。

何况还有花，那再熟悉不过的油菜花，毫无顾忌地怒放着。

油菜花看上去没啥品相，不似梅兰的清幽高洁，也没有牡丹玫瑰的华
丽浓情，像一位没心没肺、纯朴憨厚的村姑。在家乡，这样的油菜花见得
多了，点缀在无垠的田野上，一片耀眼的黄。

六月的西藏，才知道油菜花开得有多疯狂。车至途中，忽然被喊停，
大伙儿争着跳下车，大呼小叫着。

什么叫铺天盖地，什么叫无边无际，甚至是奢侈，是浪费，是毫无理
由的侵占。

那金黄的油菜花哟！

再没有其他颜色，再也没有一种力量让人感到荡气回肠！有金属质感
的黄，沉甸甸的黄，日不落的黄！它热烈奔放，成群结队地来，浩浩荡荡
地来，猛烈地占领着整个大地！仿佛扯开大旗在振臂高呼，把压迫久了的
苦难交付这样的一次"起义"！

疯狂的油菜花

来吧，疯狂地来
就像摇滚，就像满地坠落的星星
一起怒吼，一起颠覆
唱，或者是跳
什么样的姿势，都可以

来吧，猛烈地来

扯开你的大旗，振臂呼喊

把压迫久了的苦难

交付三月，交付三月的一次起义

以满腔的热血，来换取胜利的果实

来吧，浩浩荡荡地来

这场生动的革命

是春天里不可复制的战场

这是我写给油菜花的诗。在西藏，在进藏那一刻。

高反

但很快被"高反"了。

早听说西藏轻易进不得，是因为高原反应。一般海拔高度到达 2700 米，人就会有反应；而拉萨海拔 3700 米，我等寻常体质之人，不"反"才怪。

绍兴老乡在拉萨开了个饭店，他正好打电话过来，还带着饮料、水果和高原反应的一些药物。异乡遇老乡，总有一些温暖在心间。

当晚，症状就出来了。头疼、气短、胸闷，睡不好觉，又不敢用力呼吸，一种萎靡不振、浑浑噩噩的感觉。高反，竟是这样的麻辣。

纳木错湖，据说是 5000 多米的海拔，还要坐 10 个小时的车，想起来有点怕。但不去又可惜。如果可以，咬着牙也要去的，管它反是不反。

沿青藏公路一直走，终点是天湖，即纳木错湖。此湖是世界上海拔最

高的咸水湖，也是中国第二大咸水湖，风光绚丽，是名副其实的香格里拉，海拔 7100 米的念青唐古拉山倒映在湛蓝清澈的湖水中。

天湖的蓝，是想象不到的，远远望去，像镶嵌在蓝天及高山中的宝石。近了，反而没了那感觉。只是一抹蓝，细而长，幽幽的，湖里吹来的风，有点阴冷，带点肃杀的味道。

一碧如洗的蓝天，棱角分明的高山，美得像一幅画。但我无心观赏，高原反应有点厉害，头很疼，路上一直吸氧。

有人吐了，其余几个也好不到哪里去，一个个似残兵败将，无精打采，折羽而归。回到宾馆，8 位同行有 3 人挂了盐水。

午言当过兵，是运动健将，貌似同行中最强健的一位，可他同样趴下了，打了点滴。挂完盐水的一江春水说：这次，彻底遭遇了死亡之旅。

凤是唯一的女伴，她是整个团队中最棒的一位，西藏之行，居然不见她晕东晕西，上纳木错湖，兴意盎然，似乎与天上的云一样舒畅悠闲。

我吸氧，我头疼，我睡不着，但我挺过来了。我可以骄傲地说：2010年 6 月，5100 米的高原，我终于征服了！

布达拉宫

走进布达拉宫时，其实已经累坏了，还是硬着头皮跟上，但导游讲解什么一点也不想听了，巴不得能够早点下来，美美地休息一下。

松赞干布的宫殿，看上去很雄壮，内在格局却不甚大气。布达拉宫坐落在西藏拉萨的红山之巅，宫堡式建筑。最初是藏王为迎娶文成公主而建的。17 世纪重建，为世代达赖喇嘛东宫居所，也是西藏政教合一的统治中心。

白宫和红宫是布达拉宫的主要组成部分。很简单，宫殿外墙为白色的叫白宫，外墙为红色的叫红宫。白宫是达赖就寝和朝政的地方，顶部的东、西日光殿是达赖喇嘛的寝宫，日光殿下面的东大殿"措钦夏"是白宫最大的殿堂，有44根柱子，达赖的宝座就在殿堂正北。

红宫是五世达赖喇嘛圆寂后所建的，主体为达赖喇嘛的灵塔殿和佛殿。8个灵塔的塔身都用金皮包裹，珠玉镶嵌，其中五世达赖和十三世达赖的灵堂最为奢华。红宫中最大的宫殿叫"司西平措"，也称西大殿，与白宫的东大殿遥遥相对，是五世达赖喇嘛灵塔的享堂。建筑面积为680多平方米，有48根柱子。

我怕烦，也懒。看一个地方都是浮光掠影式的，很少用心记着，但希望每一个地方都能够留下最值得回味的记忆。

比如布达拉宫。金顶是布达拉宫的最高处，可以眺望拉萨全景。站在这里，我看到的是千山万壑的西藏高原，而脑中掠过的是西藏变迁的历史。

202 ·

繁华如锦的
那一场 相遇
NA YICHANG
FANHUARUHN DE
XIANGYU

有一个男人叫仓央嘉措

　　到了西藏，我很想去看一个人，他的名字叫仓央嘉措。不为别的，只因他是我喜欢的一个诗人。光阴已然 300 多年，这些年，他还好吗？西藏还缭绕着他的气息吗？

　　先是喜欢他的诗，再去看他的传记，慢慢体味他写诗的心情，以及他一生的欢喜和忧伤。其实，仓央嘉措多是情诗，有许多成了如今的流行歌曲。

　　总以为，仓央嘉措不做六世达赖可以少些磨难，在平凡的人世间享受他的幸福人生，甚至与他心爱的姑娘携手偕老。

　　相传，仓央嘉措在入选达赖前，在家乡有一位美貌聪明的意中人，青梅竹马，恩爱情深。而当他进入布达拉宫后，单调刻板的领袖生活让他厌倦。为了与美丽的情人约会，他经常深夜外出，追求浪漫的爱情。

那天雪很大，清早起来，铁棒喇嘛发现雪地上有人外出的脚印，便顺着脚印寻觅，最后脚印进入了仓央嘉措的寝宫。事发后，铁棒喇嘛用严刑处置了仓央嘉措的贴身喇嘛，还派人把他的情人处死，采取严厉措施，把仓央嘉措关闭起来。

貌似至高无上的雪域之王也保护不了一个弱女子。悲痛欲绝的仓央嘉措便把佛深深埋进了心底，拿起笔开始了他的诗歌创作。在他的诗歌中，始终有着玛吉阿米的影子。

"在那东山顶上，升起了皎洁的月亮。玛吉阿米的脸庞，浮现在我的心上。"玛吉阿米，藏语是"情人"的意思，也有人说，玛吉阿米就是仓央嘉措情人的名字。

在拉萨八廓街，有一家"玛吉阿米"酒吧，传说曾是仓央嘉措"秘会情人"的地方。这幢涂满黄色颜料的别致小楼，是拉萨最有风情的酒吧，20 世纪 40 年代，几位美国姑娘听说了仓央嘉措凄美的爱情故事之后，把这座见证过悲欢离合的小楼开成了一座酒吧，离开拉萨时，她们把酒吧交给了当地一位藏族小伙继续经营。

这一个充满怀想的浪漫之地，我居然没有去。千万里奔赴而来，却是匆匆一面，擦肩而过，但留一个念想未必不好。我更喜欢想象，那些怀有心事的年轻人，一拨拨赶来，一拨拨散开，在玛吉拉米的留言册上，涂写一些孤独而真实的文字。

见与不见，其实并不重要。

最喜欢仓央嘉措的一首诗《见与不见》。尽管这首诗的真正作者并非仓央嘉措，而是当今另一位女诗人写的，但很多人愿意相信这是仓央嘉措的作品。

204 ·
繁华如锦的
那一场 相遇
NA YICHANG
FANHUARUJIN DE
XIANGYU

"你见，或者不见我／我就在那里／不悲不喜／你念，或者不念我／情就在那里／不来不去／你爱，或者不爱我／爱就在那里／不增不减／你跟，或者不跟我／我的手就在你手里／不舍不弃／来我的怀里／或者让我住进你的心里／默然相爱，寂静欢喜。"

默然相爱，寂静欢喜。那是惊天动地的大美啊，恍如前世的清梦里，两个人相遇，刹那惊鸿，表面不动声色，内心绚烂若花，一句话都说不出来，只一个眼神就够了。原来爱到深处便是无语。

有人说，深夜最不能触及的两样东西，一个是红酒，一个是忧伤的音乐。

如果在酒吧，如果在深夜，如果这时候，闯进来仓央嘉措的那些情歌……

遇见日本

只是遇见

一不留神去了趟日本。

似乎与国内旅游没有多大区别，山水清明、人物清朗，更与江南接近些。只是干净，一尘不染，哪怕旮旯里的一间小屋，或是不起眼的小吃店，也是墙壁洁净、地板锃亮。没有阳光的日子，心自然会亮堂起来。

暗地里欢喜着的，是与中文形神相似的文字。说欢喜，是因为在国外，唯有日本的文字可以像中文一样读，即便读不出来，至少可以把一个地名或是一件物品，猜出个大概意思。于是，心里不慌。

而且有着些骄傲。日本文化，本来就是撷取了中国文化的精华，不过他们更聪明，或者说更懒惰，把文字简化了，创造出平假名和片假名，有的只消读一个偏旁就可以。

还有许多中国的传统和技艺，在日本都保留并继承下来。从中国引进的忠、勇、义、礼等诸多优秀品德，形成了独特的日本武士道；比如丝绸，那是中国最早发现并使用的国家，却在日本颇负盛名，成为和服最高档的一种面料；再说，日本和服保留了中国汉服和唐装的模样，日本人的跪坐、女子的温良恭顺都是从中国"克隆"过去的。

导游介绍说，日本文化，根在中国；忠孝之道，源自于孔孟之道。在日本，能处处感受到中国最古老的文化精髓。

风俗却是不同。

日本的泡汤文化可称一绝。导游给我们讲了一个经典笑话，说的是一位外国人到日本友人家里做客，酒足饭饱之后，主人请他去泡汤，男男女女一家人都在一个浴池里，他自然入乡随俗。后来，一个一个都相继泡完了，只剩下他与朋友的女儿，这女子正值妙龄，自然悠闲地享受着温水的妙处，丝毫不见羞涩。既然能一起泡汤，肯定还能干些其他事了。他心想。于是春心荡漾，邀请女子去看电影。谁料女子一脸不悦：我跟你第一次见面，怎么能跟你去看电影？

在日本，泡汤是一种社交活动。每一缕白烟下，就是一口温泉。日本是个多火山的国家，有"温泉之国"的美誉，泡汤也就是泡温泉。

温泉水滑洗凝脂。我常常会生出这样的想法，日本女子肤色白皙，天然出芙蓉，莫不是温泉滋养的？早年，影星山口百惠清纯的形象，一直印在我的脑海里，那不是惊艳的美，而是温顺贴心，一种若有若无的柔，像微雨像轻风丝丝缕缕钻进人们的心里。

而这次日本之行，却没有见到貌美的女子，即使遇到几个穿和服的姑娘，也不过如此。

于是去京都，一个叫花见小路的地方。

一条神秘的古街，恍若江南古镇模样，当然没有屋檐、翘角、廊桥，倒是木门栅和竹帘布幔，别有一番韵味。这一间间门面小巧精致，各有特色，挂着椭圆形的红灯笼，写上什么温习所、料理屋、茶室之类的招牌。悄然推门，先是满眼的绿色植物，一盆盆，一丛丛，从地上挂到墙上，显得十分温馨。

花见小路，从江户时代起就是整个日本最有格调的风月之地，也是目前为数不多尚能看到艺伎的场所。白天自然看不到什么，晚上才有舞伎出没。日本是开放的，色情消费堂而皇之。

之所以来这里，是因为章子怡曾在此拍过电影《艺伎回忆录》。原来，最美的女子来自中国。

来，也只是遇见。

那山那水

想象中的富士山，一直有着饱满的喜欢。而今它已横在我的眼前了。

有人说，日本的富士山像是一位气质优雅的古典美人，轻轻地走出历史的帷幕，展现着无尽的风韵与内涵。

圆润柔和，充满张力。眼前的富士山颠覆着我对山的感觉，碰撞着内心涌动的情绪。在中国，山川壮丽，奇峰异石，高山形象在于泰山之雄、华山之险、衡山之秀、恒山之奇、嵩山之绝。而这座圆锥形的独立峰体的山，主峰坚挺，山麓呈现弧度优美的裙摆，成熟圆润，一种欲说还休的味道。

富士山，有着它的朦胧和神秘。身材高挑，颜值很高，3776米的海拔成为日本最高山峰，山巅白雪皑皑，像一顶精致漂亮的帽子；山腰间云雾缥缈，似白纱缭绕，若隐若现。若要见得裸山，确是非常难得。

遇见，应是有缘。到了五合目的地方，标高2305米，风徐徐地来，天是阴的，富士山不远不近，似乎触手可及，又仿佛远在天边。抬眼望去，刚刚还是青绿明净的山，突然间飘来云雾，不是大朵大朵的，而是连绵的、轻盈的薄云，抽丝般从山里拔出来，一缕缕升上去，然后与天上的云接在一起。

惊异于它的神奇，只一会儿工夫，这云雾又奇迹般的消失了。

这个一瞬间，让我为之倾倒。空气清新湿润，苍茫的绿披在山上，让人想起"孤清佳绝"几个字来。如果非要找个美人来代替，我想肯定是杨贵妃，丰腴的体态、雍容的气质，绝世佳人一个，让人爱之怜之。

而在富士山下，有一个叫忍野八海的地方，有"日本九寨沟"之称。这名字听起来怪怪的，其实，忍野是一个乡村，八海是八个池塘。呵，突然发笑，日本真是小，池塘也看成海了。这里还是"日本名水百选"之地，据说是富士山融化的雪水流经地层过滤而成，那清冽的泉水从忍野的八个地方涌了出来，叫御釜池、底无池、铫子池、浊池什么的。"八海"池池相连，溪溪相通，清澈见底，水里黄的、红的、黑的游鱼，游到哪个位置都一清二楚。

记得拍过一张照片：我在岸边，身后是一池黄色的鱼，大约有十来条，它们错落有致，有的横在水面，有的歇在水下，悠闲自得，快活得紧。仔细看去，一条鱼其实落在几米深的地方了。

淡水泉其实不淡，是一种淡淡的甘甜，有纯正的井水味道。小时候我住乡下，村里有一口10多米深的井，绳子一圈圈放下去，水桶提上来，一股凉气扑面而来，那水清亮亮的，喝一口醒脑清肺，爽，简直爽极了！

如此鲜活的水，却与我们渐行渐远了。在日本遇见，味蕾再次激活，居然不知身是客，道是寻常农人家。

　　夕阳慢慢地落了下去，明镜似的水面清幽安静，照映着深处的蓝，偶尔鱼跃点点，水波荡漾，刹那间生动起来，就像南方的山间女子，遇上好心情，顾自唱起了山歌，那份情韵，那种芬芳，久久地弥漫在明媚的富士山下。

长安：那一场繁华似锦的相遇

汉唐风姿

古意长安，汉唐风姿。

长安像一块辽阔的、风月无边的绸缎，华美锦绣；又似饱满丰腴的女子，有着致命的美，让人欲罢不能。

所以，古代帝王一直迷恋长安，热爱长安。

"长安自古帝王都"。长安建都时间最早，朝代最多，有13个朝代在此建都，长达1062年。最值得一提的是，她是中国历史上最早达到百万人口、最早实施城市建设和管理的大都市。长安和雅典、开罗、罗马、伊斯坦布尔齐名，是世界著名的五大古都之一。

喜欢长安，尤其喜欢汉唐时期的长安。

东方丝国，仙境流云。据说在汉代，从长安

采购的丝绸不仅漂亮，而且还能防虱子臭虫，穿上它甚至不怕打雷闪电。真是神了邪了！不管怎么说，长安作为丝绸之路的起点，经中亚、西亚到罗马，途经地区，所到之处对丝绸莫不崇拜之极，需求量巨大。

的确，两汉时的丝绸生产，工艺极高，从华贵厚实的织锦，到薄如蝉翼的绉纱；从线条流畅的刺绣，到型板加手绘的敷彩印花，甚至贴金、贴羽、起绒圈等，各式工艺应有尽有。轻柔飘逸的中国丝绸，令罗马人大为倾倒。

长安，是商人们梦想中的锦绣天堂。

除了丝绸，还有中国各地的漆器、瓷器等把长安作为中转站，与西域各国的土产、良马、珍宝互相交换，与波斯人、希腊人、罗马人做起了生意，长安城由此繁荣，并成为东方国际贸易中心，衍生了一批富可敌国的巨贾商人。

而唐代，丝绸之路的繁荣达到了顶峰，中国丝绸不仅通过陆上丝路输出，同时也通过新兴的海上丝路，分别输往东南亚与阿拉伯国家。由于中外文化交流的发达，丝绸艺术融汇东西，精彩纷呈，具有华丽饱满的特色，堪称"大唐之花"。

繁华的长安城，正如一位风姿绰约的贵妇，奢靡着，妖娆着，浑身上下散发着奇异的光芒，令人为之惊艳。

如此风情，唯有国色天香的杨贵妃才配得上。倾国倾城的容貌、曼妙的舞蹈，那丰盈的体态和别样的情调，与长安相辅相成。"回眸一笑百媚生，六宫粉黛无颜色。"回头一笑能迷倒众人，六宫的妃子都褪去了美色，想想吧，这妖媚妖艳的一笑有多大的杀伤力啊！

这样的女子，一定是人们的梦中情人。长安城，高鼻深目的西域胡人来了，金发碧眼的欧洲商人来了，他们苦练汉语，为的是可以顺畅地进行商贸交流。顺便说一句，当时的汉语已成为世界通用语言，类似现在的英语。

大量胡人的涌入，长安城到处闪耀着浓郁的异域风情，而古罗马的浴池、拜占庭的凉庭、印度式的莲花基座这些玩意儿，又给唐人增添了生活的乐趣。东西结合的文化和时尚，把这个城市包装得富丽堂皇，美轮美奂。

长安的丝绸到达罗马，一站站运输，一道道贩卖，价格堪比黄金。长安城的西市，由于极度热闹繁荣，被誉为"金市"。据说，长安城有东市，西市，人们出门，不是去西市就是去东市，"买东西"一词由此而来。

可以说，唐长安这个曾经是全世界最流光溢彩的地方，绝世风华，无与伦比。她曾经繁华似锦，尔后慢慢地冷下来，沉下来，积淀成一种特有的气质，风姿嫣然，暗自妖娆。

我若在唐，定在长安

每个人的心里，是否都有一座长安。

一千多年前照在长安城的那轮明月，与如今的月亮一样圆缺，清风也如此，一缕一缕过来，又一缕一缕走远。然而，物是人非，曾经繁华似锦的长安，却似烟尘飞散，去无影踪。

盛世的长安，大唐的长安。

如果可以，大唐长安是我最想穿越的地方。不知道是否受了唐诗的迷惑，还是因了唐代红颜的影响，那时的杏花春雨、床前明月，甚至凄风苦雨、两地相思，都快乐得那么明媚，忧伤得那么纯粹。

总是在记忆中飘忽着盛唐的碎片，总是在梦里遇见大唐的一些事物。莫不是我曾在大唐生活过？或者，本来我就是长安城里一个罗衫布裙的青衣女子。

竟如此喜欢和钟情大唐。

春暖花开，在长安的街道上，我轻轻地走过来，花颜云鬓，黛眉轻挑，领子微微敞开，衣角处缀着细碎的玉石铃铛，眉心贴着状如三角梅的翠色花钿。对了，眉心贴花，突然想起一个故事。据说那是上官婉儿多看了张昌宗几眼，惹恼了武则天，一只玉簪扔到她的额头，留下了一个伤疤，聪明的婉儿就剪了个花瓣贴住，居然成了当时流行的装扮。

是的，武则天的大唐，华贵的、奢靡的盛唐。

"花须连夜发，莫待晓风吹。"喝醉了酒，诗意满怀的武则天，下诏让百花齐放，如此荒唐之举，唯有霸气十足的一代女皇敢做。

比北京故宫大三倍的大明宫，美轮美奂，承载了多少盛衰兴亡。我一定驻足，凝望过这座辉煌的宫殿。宫顶最高处的金凤昂首而立，上触云霄，下视四垠，象征着武则天的绝世风采。

彼时的大唐，是女人的天下。唐代的女子是强势的、开放的，个个都是铿锵玫瑰。除了武则天，还有韦后、太平公主、上官婉儿，一双双纤纤素手，在大唐的政治舞台上翻手为云，覆手为雨，何等豪迈！

而我，必定不是这类女子。

只是路过。

或许，我会选一个暖风正好的日子，去长安郊外的终南山，踏过堆积着的秋叶，虽然不是锦口绣心，兰心惠质般可人，但也作得一二句好诗，低吟浅唱。

或许坐着七宝香车，在青石板上辘辘碾过，绚丽的流苏在阳光下闪闪发亮，挑起珠帘，眼波流转中，突然与策马而来的一介书生相遇。

"春风得意马蹄疾，一日看尽长安花。"应是这样的书生，科举及第，心花怒放，在春风扑面的长安城，惬意自得。路上邂逅，结一段姻缘，续一个佳话。

记得曾经写过一首诗，就叫《如果我是唐朝的那个女子》。

如果可以

我一定坐在唐朝的月光下

一纸素笺，两袖清风

淡淡地写一个人的名字

然后吟成一首诗

让优雅的古韵

一次一次回响和呼唤

如果可以

我一定在大唐的三生石边

守着挂满枝头的誓言

你来与不来

我不管

只在你走过的路边，独自

享受花开的美丽

如果可以

我不上绣楼，不抛彩球

曾经流转的那一眼，注定了

生生世世的牵挂和眷恋

等你，等你唤一声小娘子

我心里的月光就跑出来

一路锦绣，满园春色

是的，这是大唐，我的长安。

所以，我要枕着大唐的月，吹着大唐的风，梦上一回，大醉一场。

闻一闻西安的味道

现在的西安，便是曾经的长安了。

相比之下，我比较喜欢长安这个名字。如果是西安人，更甚。西安人喜欢叫这座城市为"古都"，或者干脆直呼"长安"，有人甚至要求国家更改城市名称，叫"长安"或"西京"。可见，钟爱长安的人毕竟不是少数。

但还是要称西安的。

2009 年初夏我去过西安，短暂的两天，记忆中还残存着一些碎片。

到西安的时候，天已黑了。因为坐了很久的车，肚子有些饿，大家都为晚饭叫急。恰好一位同事是在西安读的大学，城中还有留守同学。同学早在筹划，安排当地名吃——羊肉泡馍。

在当地很有名气的一家饭庄里，见到了传说中的羊肉泡馍。馍，无非是一种白面烤饼，每人取了面前两个，一点一点将其掰碎，似黄豆般大小正好。谁也不能闲着，做手工活一样，比谁掰得碎，掰得均匀些，然后交给厨师，厨师在一碗碎馍里放些熟肉、原汤，并配以葱末、白菜丝、料酒、粉丝、盐、味精等调料。用我们的话说，就是用羊肉汤泡出来的面疙瘩。

西安羊肉泡馍的特点是料重味重，肉烂汤浓。习惯了江南风味的清淡，这味儿，倒是浓了些。

然而，这就是西安的味道，古都余韵，回味悠远。

西安实在太老了，从历史的烟云中一路走来，她的身上笼罩着太多的传说。如周幽王为博爱妃褒姒一笑，登西安东郊的骊山烽火台，乱点烽火以戏诸侯，最终酿成亡国之祸，留下"一笑倾城，二笑倾国"的典故。骊山脚下的华清池，温泉水与岁月同流不息，水清见底，无色透明，"春寒赐浴华清池，温泉水滑洗凝脂"，唐明皇与杨贵妃的故事使华清池除了优美风光之外，更增添了不少传奇色彩。建于唐高宗三年的大雁塔，专为玄奘藏经而建。今天的大雁塔是西安标志性建筑，同时也是西安古都的象征。

古城墙、钟楼、鼓楼、明城墙、大雁塔、西安碑林……西安是一个角角落落都充满神秘的城市。

中国历史上最动荡也最繁华的城市，莫过于长安。今日的西安，虽无盛唐的霸气，但依旧是中西部的经济文化中心，有着深厚的历史底蕴。像舞台上艳光四射、风生水起的一场表演，盛装之后还其本色，回归朴素自然。

一个有着太多故事的地方，错过未免有些遗憾。因此见缝插针地游走一些名胜，如黄帝陵、兵马俑。对了，来西安，怎能不去看兵马俑？!

兵马俑是秦始皇陵的一部分，秦始皇兵马俑博物馆在秦始皇殉葬坑的基础上修建而成。当我站在兵马俑博物馆的一号坑前，猛然一惊。尽管这只是"泥人"，可这气势毫不逊于千军万马，车兵、步兵、骑兵各司其职，严阵以待，仿佛一支整齐威严、浩浩荡荡的秦朝军队，守卫着秦始皇地下王国的安全。更令人称奇的是，所有兵马俑造型逼真，无一雷同，难怪被列为"世界八大奇迹"之一。

一生叱咤风云的秦始皇，百年之后便安葬在西安市东面的临潼区境内。这回，征服世界的不再是金戈铁马，而是永恒不朽的艺术魅力。

天有些暗，风也微凉。我拍了很多照片，然后安静地离开。忽然觉得，有一种厚重而苍凉的味道从背后暗暗袭来。我明白，那一定是西安的味道。

廊桥旧梦

廊桥，是古意而浪漫的，像一缕缥缈的青烟，又如一幅缓缓展开的淡淡水墨，守候在沧桑岁月里，等风来。

巧英乡三坑村的风雨廊桥，当地人都称之为风雨桥，文雅点的叫它廊桥旧梦。据说，此桥建于嘉庆十九年（1814），是从宋代《清明上河图》中简化而来，现为新昌县级文保单位。

廊桥精巧古朴，却有一份雅致从骨子里渗透出来。桥是木栱桥，桥长 16.8 米，宽 4.78 米，桥廊用 36 根木柱支撑，两侧木制板作桥栏，一块块竖着披下来，远远看去，犹如少女的百褶裙；桥栏上，间隔着露出几个窗口，如果有佳人依窗而立，便多了些韵味。

廊桥有些老了，亭廊两侧的栏杆曾经被漆成朱红色，现已剥蚀得斑斑驳驳，可供行人避雨和小憩的桥廊因坐的人多了，被磨得黝黑闪亮。廊桥边几棵古老的垂柳倒显精神，汪青滴绿，翠碧得能透出水分来，而路边那些红的蓝的粉的白的花儿，认真而热烈地绽放着自己的最美。

这廊桥，建在新昌、宁海两县交界的古道上，也是三坑村对外的一个窗口。也许，这里曾经人面桃花，杨柳青青，在暮色四合炊烟袅袅之中，倦容满面的盐商驮夫路过此地，坐在廊桥歇息，目光肆意地掠过走过桥边的姑娘们，就连疲惫的骡马也喷着响鼻，仿佛嗅到了让它们兴奋的荷尔蒙。旅途长长，唯有春光能慰藉寂寞的心灵。

每一座廊桥都是一件艺术品，因而有些地方称廊桥为花桥。其实，廊桥多是男女相约的地方，"月亮走，我也走，我送阿哥到桥头"、"我在桥头盼归鸟，窗前守候暮鼓晨钟"……在江南，桥很多，最美是廊桥。

小桥流水，当碎银一样的月光在桥下的河沟里荡漾，廊桥的倒影里，是否有一位同样荡漾着的少女之心？窗棂把她美丽的影子拉得长长的，也把她的目光拉得长长的。阿哥呢？阿哥怎么还不到来哟。莫非他忘了我们的誓言？他是否另有了一位心上人？一颗心辗转着，在廊桥的风雨里叹息，再长的时光也化不开隐隐的忧伤和等待的寂寞。

廊桥，应该是滋生故事的地方，就像美国麦迪逊的廊桥，因为罗伯特·金凯的到来，因为与弗朗西斯卡的相遇，才有了《廊桥遗梦》的经典。这位不约而至的摄影师有过妻子，也有过情人，但他一直在漂泊，在无数个白昼和黑夜里有一种光亮，吸引着他的脚步。终点，就是守望着他的弗朗西斯卡。短短的四天里，一个纯粹的男人，一个纯粹的女人，心无旁骛地相爱着，在他们眼里，世界上的一切仿佛失去了意义。

金风玉露一相逢，便胜却人间无数。故事并没有结束，此后两人不复相见，而回忆一遍遍浸润着他们的心灵深处，男人不再有其他女人，女人珍藏着相见时穿的长裙，在遥远的时空里，俩人的爱情天长地久。

这世上，不是每一个人都有这样的幸运，能够在合适的时间、合适的地点遇到与自己灵肉相通的那一个人，也很难碰到可以终其一生来守望的那种情感。大团圆的结局固然美丽，但谁说缺憾不是另一种美？正是因为廊桥的"遗"，才有了"梦"的美丽，才使这个故事艳凄恻恻，一次又一次震撼人心。

三坑的廊桥历经二百余年，是否上演过这样经典的爱情故事？是一段缱绻的浪漫？或是一份道不清的情缘？那一截截木板，一扇扇窗棂，还有那长长的回廊，一定见证过美轮美奂的爱情。只是，这样的故事被时光忽略，被历史尘封。

风雨廊桥，在晚春的薄暮中有几许淡淡的寂寞，它静静地守候着旧梦，不言不语，不喜不悲。沧桑之间，那美竟然不惹一丝尘埃。

大佛寺：心灵深处的悠远禅意

　　如果要寻觅一方安详寂静之处，如果要寻找一片心灵释放之地，那么，新昌大佛寺，一定会给你一个惊喜。清凉世界，悠远禅意，置身其中，一种淡定从容的幸福感便弥漫四周。

　　大佛寺景区由大佛寺、南岩寺、十里潜溪三大景区组成，总面积 25.5 平方公里。作为中国早期佛教传播的发祥地，大佛寺始终以江南最大的窟内大佛雕像饮誉海内外。

大佛寺：石壁开金像

　　人过大佛寺，寺佛大过人。大佛寺地处新昌城区，一个闹中取静的地方。这里群山环抱，奇岩突兀，古树修篁，亭阁环布，它是中国汉族地区 142 个重点开放寺院之一。大佛静坐石穴，宝相庄严，气势非凡，佛像通高 16 米，佛座高 2 米，头部高 4.8 米，耳长 2.8 米，两膝相距 10.6 米，被美誉为"江南第一大佛"，距今已有 1600 年历史，是江南早期巨型石窟造像的代表作，历史文物价值可与闻名中外的敦煌、云冈、龙门石窟造像媲美。

看江南大佛，看的不仅是风光，更让人读到的是一段文化和历史的积淀。

相传，东晋高僧昙光在此创隐岳寺，雕凿大弥勒佛石像于悬崖绝壁之中，南朝齐梁间，僧护、淑、祐三代依山开凿佛像，历 30 年而成，世称"三生圣迹"。寺因大佛而得名，大佛因寺而引来千年信众参拜，也引来了大批文人墨客到此览胜题诗。"石壁开金像，香山倚铁围"，这是孟浩然对大佛寺弥勒像的赞誉，李白、颜真卿、米芾及近现代弘一法师等在此地吟诗题联，留下了许多脍炙人口的名篇佳作，大佛寺的文化底蕴便日益深厚起来。

1600 多年历史的江南大佛，与被誉为"江南敦煌石窟"之称的千佛禅院毗邻而居。千座佛像与江南第一大佛形成一小一大、一众一寡、精巧与宏宇的鲜明对照，其极高的文物地位和艺术水平为世人瞩目，已载入《中国百科全书》。

几经风雨，新昌大佛寺已成为有名的佛教圣地，周围也增加了许多新景点，如佛心广场、般若谷、木化石林、露天弥勒、双林石窟等。这里，主要是以石窟造像为特色，融人文景观与奇岩、怪石、幽谷为一体，是观光、朝拜、休闲、度假的最佳去处。

放生池畔，古木耸天，绿意盎然；三圣殿前，修竹茂林，清风徐来，徜徉在禅意深深的回廊里，懒散而温暖的阳光照到身上，周围安详而寂静，心静便成了心境，犹如柳枝婉约在水里，不知喧闹之音。红尘里的千般烦扰得以净化，心灵通透澄明，那无尽的美好，怎是一仙境了得？

南岩寺：千姿百态的"石窟世界"

据说，新昌是先有南岩寺后有大佛寺的。南岩寺是最早的石窟古寺之一，唐宋时有八百僧众，唐明皇闻其名，曾在此映水塑貌。

尽管现在的南岩寺，淹没在古道荒径之中，香火不再旺盛，但这里的海迹神山还是值得一看。

相传这里是东海遗迹中的神山，南岩下是海门，大禹治水时东注积沙成岩。站在岩下抬头仰望，可以看到岩壁上砂石磊磊，如筑墙状，还依稀有几粒螺蚌壳（化石）镶嵌其间，用物触之，纷纷而落，在洞穴里还能找到鱼骨的化石。

古钓台也称任公子钓台，是南岩山景观一绝，可与富春江严子陵钓台媲美，而其高峻开朗有过之而无不及。自然，这里曾流传一个美丽的神话：当时会稽（绍兴）一带为浅海，南岩为南岸，任公子以大钩和巨绳，把五十条野牛作为诱饵，投竿东海，一年后，终于有一条大鱼食之，牵巨钩，只见白浪滔天，潮涌千里，声惊鬼神。任公子得鱼，制成腊肉，楚越百姓均可饱餐……

千载须臾沧海桑田，远古的神话和诗人关于南岩山的咏唱早已湮没，坦荡的海底化作田畴旷野摇曳着绿树红花。

南岩寺石窟内，自岩隙渗出清泉一缕，久旱不涸，俗称"仙人泉"。南岩寺上方，高岩突兀，危崖压顶，崖壁间有扁平岩穴名为玉女机，传说有仙女居上织锦，每当岁末有布三丈六尺自洞垂下，供僧人作衣。

南岩最有趣味的是那大大小小的奇洞怪洞。最大的洞就是南岩寺洞窟，如今，一座寺庙依洞而建。南岩寺西侧的月光洞却小得精巧，日间草木相伴，夜晚明月同辉，洞崖外悬一瀑布，轻洒细流，平添一份诗情画意。在"兵舰山"有一个形如蟹状的化云洞，洞外香枫林立，松涛奔涌，季节变化之时，不时有团团云霓飘忽，看似洞中吐出，洞名由此而来。化云洞分上下二层，建为铁佛寺，相传济公斗蟒蛇的故事就发生在这里。

绕过大洞水库，到小舍山。这里四面环山，如在井底，丛林深处，隐约见大洞高悬碧岩之上，据说有人在这里发现鱼的牙齿（化石）。此外，还有外大里小、外高里低却深不可测的蝙蝠洞、柯岩洞、小洞等。

十里潜溪：那一段水石情缘

十里潜溪，在离新昌县城西 4 公里处。景区以自然景观为主，青峰奇崖不断，危岩坚石林立，一条溪流如一幅写意狂草折折曲曲，潇潇洒洒从山中逸出，或潜入垒石之下，或在缝隙中奔涌，一滩巨石，两壁悬崖，风水之声，訇然共鸣，沿岸景点星罗棋布，境界奇幻，十里潜溪之名因此而来。

水无石不秀，石无水不灵，潜溪的妙处莫过于石水的最佳组合。百丈岩是十里潜溪的一大奇景，它是由两座峭壁相倾而形成的巨穴，高约 50 米，深达 30 米，上合下开，中露天光一线，一道白练似飞瀑从顶上猛然冲出，与两壁相撞，几经跌宕，碎成白雪飘然洒落。人在洞中，顿觉雾气扑面，寒意袭人。抬头一望，"一线飞瀑"果然名不虚传。

十里潜溪融峰、谷、洞、瀑于一体，野趣天成。更有那万松天烛、七盘仙谷、屏风岩、九龟听音、玉兔岩等景观，呈现"深潭接飞瀑，野谷藏奇岩"的秀丽景色。

天烛湖是新昌县的一个景点，在十里潜溪的天烛岭脚，湖长 3 公里之多，时宽时窄，宽至几百米，窄至几米，弯弯曲曲，向幽谷延伸，湖水清纯，碧波荡漾。乘龙船、快艇，游客可饱览古朴的电站和雄伟的大坝，欣赏沿湖风光。

　　靠近天烛湖，还有七盘仙谷。这是以斗折蛇行的七盘坑为主线，峭崖奇峰、幽涧瀑潭、清流密林，亦步亦景。近年来已开发成了漂流项目，在水石碰撞的溪涧，玩一回心跳的感觉。倘若有意，可以探寻一些古迹，如永宁、万福两座保存完好的石桥，500 年前的参天大树以及爬满古藤的泥墙屋。

　　峰岩奇异，曲溪清幽。在水与石的缠绵中，聆听溪水叮咚，远离尘嚣纷扰，心便自然而然地静下来。

天姥山：承载历史的文化名山

　　天姥山名扬四海，应该与李白有关，与他的一首诗《梦游天姥吟留别》有关。

　　"海客谈瀛洲，烟涛微茫信难求，越人语天姥，云霓明灭或可睹。天姥连天向天横，势拔五岳掩赤城。天台四万八千丈，对此欲倒东南倾……"

　　诗中的天姥山，就在浙江省新昌县境内。

　　天姥山，连绵起伏。山连山，山迭山，远看层峦叠嶂，千峰竞秀；近看翠谷纵横，鸟语花香。主峰拔云尖（北斗尖）终年烟霞明灭，云缠雾绕。这里有民谣说："四明山高，撞斑竹山腰；斑竹山高，撞拔云尖腰。"此话一点不假。山峰插进了云端，林梢穿破了天空，拔云尖，简直要高到天上去了。

云门深锁的天姥山，同时又是一座有着千年文化积淀的名山。李白到此一游，其实是因受唐朝道士司马承祯的影响。

司马承祯曾受到武则天、睿宗皇帝的召见，后颇受唐玄宗的赏识，唐玄宗多次下诏，召他赴京讲道。司马承祯隐居天台山桐柏宫，享受道家山水之乐，眼看推辞不得，只得应诏进京。从桐柏宫行至天姥山下的一座桥时，后悔不已，一不小心便跌下马来，此桥便是司马悔桥（俗称落马桥），于是再也没有出山。李白初入剡中时，司马承祯尚在人世。因两年前在江陵司马承祯见过李白，说他有仙风道骨，又向李白介绍了天姥山，诗人对此念念不忘。

斑竹村口，古木参天，绿荫披翳，司马悔桥藤蔓缠绕，桥下浅溪流水，卵石清晰可辨，鱼儿来往穿梭。当地村民说，桥东原有司马庙，文武官员至此，必须落马下桥徒步而行。由此，天姥山被道家定为第十六福地。

司马悔桥横跨而过的，就是那条氤氲着仙气的惆怅溪。惆怅溪蜿蜒数十里，似一条彩带缠绕着天姥山，一头牵来神话，一头连着幻想。天姥山麓有个美丽的地方，名叫桃源，曾经是神仙出没之地。东汉末年，剡县两位青年刘晨、阮肇入天台山采药，路经此地迷路了，在桃源刘门坞近旁，遇见两仙女，结为夫妻，半年后，刘阮思乡心切，求归故里，回家发现已历七世，又上桃源寻仙无着，徘徊溪边，为后世留下了刘门山、惆怅溪胜迹。

"洞水桃花路易迷，不同人世下成蹊。自从重入山中去，烟雨深深锁旧溪。"惆怅溪叹息着、呜咽着，那份青郁、那份凄美似乎散发着刘阮深深的叹息。

云青青兮欲雨，水淡淡兮生烟。那么，是谁拾起仙姑丢下的金钥匙，打开"洞天石扉"之门呢？南朝大诗人谢灵运任永嘉太守时，率百余人

"由始宁南山伐木开道直至临海"，硬是劈开了天姥，出现一条台越驿道，从而揭开了天姥山朦胧的面纱。

这条古驿道后成为官路，沿途设铺设店，如今有几处驿道犹存，铺廊依旧。斑竹村为古代天姥、天台、临海古驿道上的重要村落，沿街建有公馆、驿铺和客栈，曾十分兴旺。现残存的民居、古驿道和街道古风犹在，村口还有章家祠堂等保存较好的古建筑。在村尽头处，登上连接高山云海的"青云梯"，由此便可登天姥，进入海拔 900 米的北斗尖。

入林仰面不见天，登峰低首不见地。登上北斗尖，只见云涛滚滚，晓岚漫漫，石崖突兀，悬壁高张，碧潭幽深，泉水叮咚；画眉唱着清婉的歌，松鼠跳起快乐的舞，偶尔还能见到清猿一掠而过的身影。极目远眺，北有芭蕉、斑竹山，南有王会、牛姑诸山，西南有莲花峰，众山俯伏，莽莽苍苍，层层叠叠，那磅礴气势和巍峨景致让人恍若置身于诗仙李白所描绘过的瑰丽奇异的梦境之中……

在人们的心目中，天姥山和诗仙李白一样，如梦似幻，遥远而缥缈。中国李白研究会会长、原新疆师范大学副校长薛天纬教授深有感受地说，只有登上天姥山，才能真正领略到诗中那种瑰丽的意境。

"假如没有李白《梦游天姥吟留别》这首诗，天姥山就不会有今天这种名气，恐怕仍然是不会被广为人知的。正是诗人赋予了天姥山这个文化的生命，天姥山才成为天下名山。"薛天纬说，李白是冲着天姥山这座仙山来的，我们也是冲着仙山来的。

天姥山，是诗仙李白一生态度的顶峰，也是一座高雅的文化名山。

那山，那水，那竹海

环山翠黛，重恋叠嶂，竹海连绵，绿浪起伏，湖光山色，白鹭翔集……构成了莒根村独特的山水旖旎风光。开门就是清澈见底的巧英水库，抬头即见莽莽苍苍的万顷竹海，天出奇地蓝，风微微地吹，四周洋溢着恬静甜美的空气。

从新昌县城出发，路过拔茅、大市聚、小将，往宁海方向开。一路青山连着青山，美景次第变换，山道九曲十八弯，弯弯有风景。到了巧英，淡去了旅途劳顿，整个人儿顿即清朗起来。

莒根是巧英乡的一个小山村，除了湖水和竹海，更有那整齐划一的大寨屋，团结和谐的人文氛围，是一个生态休闲、清新自然的生活乐园。

向青草更青处漫溯

路蜿蜒着，山很青翠，浓得化不开的绿从山上披落下来，风一吹，翠竹摇曳，仿佛在夹道欢迎远方的来宾。

巧英乡有竹林3万多亩，是该县的林业大乡、毛竹之乡，已成功创建了省级生态乡镇、省级兴林富民示范乡镇和绍兴市森林休闲旅游特色乡镇。陪同的一位乡干部说，如果碰得巧，还能见到白鹭在碧波浩渺的竹海中一掠而过。

说话间，巧英水库渐渐进入我们的视线。对面，依山而建的房屋隐约可见，那就是苫根村了。

群山环抱之中，巧英水库似一颗璀璨的明珠，在太阳底下泛着金光。一湖碧绿澄清的水，岸边有水杉和修竹，白云映着青山，青山映着湖水，构成了一方山水独特的艺术画面。

于是停车，眼睛忙不过来，手也停不下来，相机、手机轮番上阵，恨不得尽收一切美景。

"撑一只长篙，向青草更青处漫溯"。巧英水库环周一游，尔后进入了村口，一棵百年香樟树下，人们三三两两地路过，几个村民从山下砍下一些毛竹，准备运出。

一座清新自然的生活乐园

相对于城里的"十里雾霾"，苫根真是一方净土。

蓝天下，竹海里，水库边，这些好景都被苫根独占。

进村，就是夺人眼球的大寨屋，六七排整齐划一的房屋是村里一道独特的风景。据村民介绍，第一排屋有13间房子，楼上楼下都用木板相隔。

近几年来村里开展新农村建设，根据大寨屋的特点，投资了 60 多万元，将第一排农房进行外墙立面仿古改造、内部标房装修，改造为农家乐。在这里可以吃地道的农家菜，品尝到当地的土特产熬土豆、连娘麦糕、青麻糍等，亲自体验摘水果、挖番薯、种蔬菜等传统农事活动；当然也可以住下来，面对一湖碧水，临窗而坐，呼吸着天然氧吧带来的新鲜空气。

再往山上走，就到了百果园。近年来，莒根村加快农业基地建设，形成了 50 亩的金银花基地和 350 亩的杨桐檵树基地，给森林休闲旅游增添了另一道开阔优美的风景。

凭借天然环境，莒根村创建成功绍兴市级森林休闲特色村，配套建设了望湖亭、百果园游步道、临水库水面的环库路、垂钓台等。还养殖水产，在巧英水库莒根村下水域放 5 只网箱，出租给农户养殖石斑鱼等野生溪鱼。

如今，莒根村把生态环境和村庄建设紧密相结合起来，打造以农业观光旅游为特色、农产品生产为主，突出人与自然、人与文化的互动式体验，以别具匠心的村庄规划，做大做强森林休闲旅游产业。

一曲古朴灵动的历史乐意

莒根山清水秀，适宜一边欣赏美景，一边倾听历史行走的声音。

偃王亭建在山顶，茅草筑亭，亭下是毛竹围廊，几把竹椅随意摆放，别有一番闲趣。据历代《新昌县志》载："徐偃王系周朝东夷诸小国中一国君，修仁行义，率土归心，故三十六国皆朝于徐，后因周穆王西巡，国事日非，偃王举兵北上，穆王告楚兴兵伐徐，偃王见乱世害民，遂率部南下，遁迹于此，现存偃王之墓遗址。"

偃王亭前几年才建成，右边是一条由竹子铺成的阶梯，从巧英水库边的钓鱼台直通山顶。左边是一条盐帮古道，野草萋萋，栈道漫漫，绕水而过。

近几年，巧英乡还开发了一个景点，叫三泾古王道，入口处就在莒根村，全长约 15 公里，沿途主要景点有松涛古林、螺蛳潭、偃王池、双龙戏潭、望海竹径等，终点到达宁海第一尖。如果你喜欢驴行，这条经典的驴行线路不能错过。

"巧英水库是新昌第二大水库，莒根面朝水库，生态环境好，是一块未经雕琢的璞玉，有待进一步开发。"乡领导有个设想，从莒根出发，搞一个环库绿道行，骑着自行车，绕库一周，悠哉游哉，岂不惬意。

古驿道上一场美丽邂逅

　　古桥、古村、古驿道，还有说不尽的原生态山水风光，当你眼前浮现出这样一个画面的时候，请跟我来。

　　唐诗是一个传奇，天姥山同样也是一个传奇，而东晋时期谢灵运更是这里创造传奇的一个人物。1500年前，才华横溢、胸怀政治抱负的谢灵运，第一次慕名来到了天姥山，还自创了一双木制的"谢公屐"，写下了著名的《登临海峤》等多首诗。再之后，他又"伐木开径"，打通了天姥山的几处险要通道，一度吸引了众多诗、书、画以及佛道人士络绎不绝地来到了天姥山。这条山道，就是后人世代相传的"谢公古道"，也是仿佛一脚就能踩出诗句的古驿道。

　　从新昌县城出发，沿104国道往天台方向前行，途经天姥山下的儒岙镇，一路风光旖旎，景色迷人。临近天台交界的一个山村，就是横渡桥村了。

一不小心与历史打上一个照面

进村，最吸引眼球的自然是一座跨溪而卧的桥——皇渡桥。

这是一座单孔大型半圆形石拱桥，如长虹卧波，横跨溪上。桥上古藤悬垂，藤蔓从桥顶倒挂下来，严严密密地遮掩了大半个桥洞。夏天的时候，碧绿的藤蔓仿佛能滴出水来，溪水清澈，半圆的拱桥倒映在水面，远远望去，似乎合成了一个圆圆的月亮。

这藤蔓，不管春夏秋冬，一直长在这里，像一道好看的帘子，只要轻轻一掀，就会看见一个古老美丽的故事。

相传，南宋小康王被金兵追赶逃难到此，却被一宽阔的河面挡住了去路，惊慌失措之时，河边上突然升起了一座桥，小康王顺利过河，回头看时，桥又不见了，而金兵被挡在了对岸，后人就将此桥命名为"皇渡桥"。

据史载，此桥为清道光二十四年（1844 年）重建，系单孔石拱桥，桥长 23.9 米，是新昌至天台关岭古道上的重要桥梁。

其实，这桥原是古驿道的一部分，也是古代客商往来的必经之地。桥上两侧扶栏的柱头上，雕刻着石狮、石象等，鹅卵石铺就的桥面，经过几百年的磨砺，仍泛着青光，诉说着这一段古老的传说。

离桥不远处，有一个拱形口的古驿道路廊，岁月沧桑，墙面斑驳，破旧不堪。村里一位老人说，这是古代专供传递官府文书和军事情报的人，或是一些官员途中歇脚的场所。

在村子里随便转悠，又会发现一些古迹，比如大桥庙、普济桥，比如报国寺、万年亭之类的。每一间雕着花窗的老房子和沧桑的古道，都见证着历史的印记。

这里的空气都可以"卖钱"

绿水青山中，古老的横渡桥村也被诗意浸淫着。

还是说说这座老桥。皇渡桥紧挨着 104 国道，每天车来人往，甚是热闹，却依然坚守着那份沉静和智慧，像一个充满故事的老者伫立在村口，守护着村里的一方天地。桥头有棵大梧桐树，周边也是自由交易市场，白天，赶集的人们会聚集在树下，不紧不慢地做着小生意；黄昏，月亮升起的时候，三三两两的村民漫步在桥边，悠闲自得。

而桥下的溪水，虽然有了些许红尘气息，但还是灵动清澈，阳光好的时候能看到水里的小鱼游来游去。

绕过桥往村里走，会发现整个村庄处在青山包围之中，后山是一片青翠欲滴的竹林，密密麻麻的，仿佛时刻孕育着湿润的空气，风吹来，这小清新就满山乱跑，一直跑进村里。边上是碧绿的茶园，每到春天就散发着茶叶的清香和采茶姑娘甜美的歌声。

"这里的空气都可以卖钱。"村支书王全来说。

果然有人喜欢上了这里的空气。3 年前，浙江昌达生态农业创业园就在村里承包了 1000 多亩田地和水塘，以中国传统文化为依托，采用原生态种养殖方法，打造成集养生、休闲、旅游、观光于一体的人间胜境。

除了空气，真正能卖现钱的是村里的高山蔬菜。横渡桥村是典型的山区丘陵地势，海拔高，高山蔬菜品质好，产鲜卖鲜，销路通畅。特别是里桥自然村，大部分村民都从事种植蔬菜。村里有一家绿安蔬菜专业合作社，每天在村里收购黄瓜、甜玉米、茄子、四季豆等高山蔬菜，运到宁波、杭州定点销售。

在这里，千年历史的文化积淀与现代文明的诗情画意，交织成一幅美好的乡村画卷。

别有野趣的神奇万马渡

沿着皇渡桥下的小溪，向西5公里，便是新昌有名的景点万马渡了。

万马渡其实是一条大溪，位于天姥、天台两山夹峙之谷，涧中尽是一些圆滚滚、光溜溜的石头，它们有的比整间房舍还大，约有数千吨，小的也有数百斤。数以万计的"鹅卵石"成群结队，浩浩荡荡，从山冈自上而下，蜿蜒数公里。

每逢下雨天，洪水冲击巨石，白浪飞溅，声若千军呐喊，形如万马奔腾，真可谓气势磅礴，蔚为壮观，故曰"万马渡"。明朝万历年间，知县吴献辰在此一巨石上题写了"万马渡"三字。

万马渡有其雄壮的一面，也有幽雅之处。雨过天晴，豁然开朗，山清水秀，小桥流水，又是一幅秀美的山水画。向北遥望天姥群山，连绵起伏，红枫翠竹，摇曳多姿。再看脚下溪水，清清亮亮、文文气气，若有兴趣，可步入溪水中，或坐在石上，用脚尖轻轻触碰溪底下的细沙，便有一股柔软温热的感觉沿着神经蔓延周身。

如果觉得不过瘾，可以卷起裤腿，在乱石堆中抓小鱼、捉螃蟹，也可以与同伴打打水仗，玩玩游戏。及至中午时分，挑一块平坦的大石块，放上餐具烧烤或野炊，最好有酒，边饮边歌，别有一番情趣。

236 ·

繁华如锦的
NA YICHANG
FANHUARUJIN DE
XIANGYU
那一场 相遇

十九峰下，山水之间那一场明媚

雅庄两个词很有韵味，像一个明媚清雅的女子，纤手弄笛，尘烟飞絮，于青山绿水之间，有了仙境般的缥缈。

坐落在穿岩十九峰之下的雅庄是一个幽静雅致的地方。一条清澈的镜岭江绕村而过，在山的洗礼、水的浸润之下，雅庄浑身透着水灵清新的味道。

从新昌县城出发，往新镜线开 22 公里，穿岩十九峰主入口处的村庄便是雅庄村。

恰似一幅淡雅的风景画

进入雅庄村，要过一座桥。桥下就是镜岭江，江水碧绿，犹如一条玉带轻轻一束，雅庄村就显得格外灵动了。

已是春天，桃红柳绿。在村口，在院子里，会突然开了一树的梨花或桃花，妖娆地等待着每一位客人的到来。

而最有韵味的是村前的一条小溪，村民们说这是一条引水渠，尽头是一个发电站，原来主要用于发电和灌溉。这条溪，每相隔三五米就有一个水泥板搭成的埠头，村里的女人们喜欢在这里洗衣服、洗菜什么的。静静的流水声和女人们的说笑声，还有几只水鸭旁若无人地走在岸边，一派和谐景象。

这样古朴的村居，必然有一些看头的。村大操场一角，有凉亭和健身活动器材，边上是一排整齐的房子，青砖黑瓦，村民们说这是"新十三间"。那么，"老十三间"在哪里？是否更有特色？

鹅卵石铺就的一段路，长着墨绿色的青苔，似乎在悄悄地诉说着古老沧桑的过去。村里有一个旧台门，门庭上写"金鉴遗风"几个字，是一个木结构的四合院，白色的院墙上残留着一些墨画，这就是"老十三间"，建于民国初期，保存较为完好，如今还有一户人家居住着。

雅庄村是一个古老的村落，全村基本姓张，因此村名同时被称为下张。村中有大宅古街，有古木清池，族中有长幼辈分，是中国氏族村居的一个缩影。据记载，雅庄建村于明代，祖上来自于江西洪都，曾有人在新昌做官，死后葬在村后山上，后裔留有兄弟两人守墓，自此也就有了雅庄村的开始。

整个村庄雅致安静，似一幅透着淡淡书卷气的风景画。

浸淫在穿岩十九峰的灵性中

省级风景名胜区——穿岩十九峰的所在地就在雅庄。

穿岩十九峰之所以得名，是因为耸立在雅庄村后的十九座惟妙惟肖的

238 ·

NA YICHANG
FANHUARUJIN DE
XIANGYU
繁华
如锦的
那一场 相遇

山峰，每座山峰都有一个名字，如香炉峰、缆船峰、马鞍峰、新妇峰、棋盘峰等，因主景马鞍峰顶部有一穿山巨洞，故被冠以穿岩之名。

十九峰一字儿排开，像是门面，又如屏风。

穿岩十九峰有一座只属于胆大妄为者的桥：马鞍峰和天蚕峰之间有一座凌空架起的吊桥，桥长约 30 米，桥面的木板由绳索连接而成，桥的两侧都装满了栏杆，通往对面山峰的路晃晃悠悠、步履维艰，走在上面，趣味无穷但又十分刺激。

登山在穿岩，其实是一项非常有趣的旅游活动，尤其在春日，从山顶往下观望，远山近水，黄花绿叶更是美不胜收，尽是一派闲逸的山野风光。

据介绍，穿岩山与雅庄村周围分布着大量泉穴，泉穴之多超出一般人的想象。雅庄的泉水均属冷水泉，难怪那么清冽。处在这样的环境中，雅庄村自然是幽静而灵性的。

坐下来慢慢看的风景

雅庄宜居，适合坐下来慢慢看。

村庄四周山峰奇秀，云雾缭绕，清澈的溪水穿村而过，一派美丽风光，自然生态环境极佳。这里的山脉为典型的"丹霞地貌"，以"雅、幽、奇、险"为特色，以"峰、谷、洞、溪、瀑"为主体，具"漓江之美，桂林之秀，雁荡之奇"，有"浙东张家界"之称。

近年来，雅庄村依托得天独厚的自然环境，开发乡村休闲旅游，农家乐形成蓬勃发展之势，全村有农家乐经营户 9 家，拥有床位 160 张。特别是村里开设的穿岩人家休闲山庄（等待重新开业），设计古朴典雅，竹坊、竹篱、竹椅、石子铺就的小路，轻风摇曳中的大红灯笼，无不透露着江南风情。

山清水秀，村民淳朴，上海回头客很多，他们选择租房住下来，在这里"洗肺"，把这里作为第二故乡。

"这里的空气好，水好，吃的都是我们自己种养的。"村民老张说。

的确，走进雅庄村，心情会舒畅起来，仰头望望十九峰，低头看看镜岭江。或者找一个农家乐坐下来，若有兴趣，找一下村民现炒现卖的小吃，比如番薯片、小京生、野栗等。当然，能够品味到现抓现吃的石斑鱼、溪滩螺蛳，也很难得。

由于特定的气候条件，除一般农产品质量较外地优越之外，雅庄村还有外地稀罕之物，如糖梗、冬菜等。糖梗形状如微型甘蔗，但甜分超过前者好多。再就是农户家自己加工的"冬菜"更是新昌一绝，村民称为"倒笃菜"，是一种有特殊风味的腌制菜，味道特别好。

茅洋：溪边长满茅草，犹如一片汪洋大海

茅洋，在新昌县小将镇境内，自县城往东南而行，山道弯弯，群山俊秀，扑面而来的绿色一路相伴。车行30公里，遇一清丽小村，便是。

茅草萋萋，犹如一片汪洋大海

"溪边长满茅草，犹如一片汪洋大海，故名茅洋。"从《新昌地名志》记载中得知，茅洋村得名因此而来。

果然是一条长满茅草的茅洋江，边上都长满了茅草和树木，一团团绿涌进深潭里，水也绿了，绿成碧玉；一棵枫树中间分开两个枝丫，斜逸而出，被阳光打在水面上，简直就是一幅浅淡如墨的画。

茅洋，处在新昌与天台之间，四周都是层层叠叠的山。茅洋江的源头来自天台华顶西侧，穿过万壑丛林，一路奔腾，以至到了茅洋境内，竟生出一种幽静的美丽。水时而一路平川，清流如注，时而深潭激流，浪花飞溅。奇葩的是，浅滩上都要生出绿绿的野草来，哪怕是水刚刚退去，这些小草迫不及待地探出头来，油油地招摇着，仿佛向你招手；明明是乱石滩或者石隙间，这些绿色总要跑出来，这里一丛，那里一株，随意点缀其间。

这一切，似乎为这条江作佐证。确实，在开阔处看一条江，浩浩渺渺的江面上，芳草萋萋，众绿喧哗，又好似一片汪洋大海，令人心旷神怡。

水，又绿又凉，即便是夏天，也透骨的凉，若脚底碰上小石子，一种麻酥酥的感觉导遍全身；三三两两的小鱼游来游去，溜溜地贴着你的脚丫滑过，然后尾巴一摇，箭一般地掠过。

就这样坐在岸边，看游鱼，看茅草，看得日头落西。或者，沿着边上的一条公路，边走边赏，采几朵金黄色的野花，便会心生些许喜悦来。

茅洋江由南而北，穿过茅洋流入新昌的长诏水库（沃州湖）。因为发电和取水需要，从村口开始又分出一条水流，当地人叫"圳"，人称"荷花塘"，水清流静，岸上花开，花影人影倒映水中，成为村里的一大景观。

古村古宅，残留着历史的痕迹

在宋代，已有茅洋村。"宋至清属善政乡二十五都，宣统二年属东区沃洲镇，民国二十四年属五马乡。"而今，茅洋村属小将镇。

茅洋有一些静美如画的古宅群，随意散落在村里，像一群沧桑的老人，注视着历史的变迁。

村口边，有一处叫里新屋，坐东朝西，前后三进，门楼荡然无存，房子老旧，烟灰色的墙砖透着古味。中厅悬挂着"世美堂"几个落款，苍劲有力，似乎彰显着昔日的繁华。从中可以看出，此宅建造的时间在清光绪四年。

NA YICHANG
FANHUARUJIN DE
XIANGYU
繁华如锦的相遇
那一场
242 ·

里新屋北面就是外新屋。据说建房的主人是姓石的两兄弟，外新屋是大房，但建造相对较晚，房子也略小了些。

除了石姓，丁姓也是茅洋的大姓。茅洋颇具气势的台门，都来自这两个姓，如丁家祠堂是一幢两层高的砖木房子，着色的地面，圆拱的门洞，标榜着欧式的建筑风格。丁家祠堂的周围，也有许多丁氏老宅。其实，茅洋古村形成于宋，繁盛于清，怪不得现存的建筑也多为晚清风格。

"快来看，这里的台门很有意境呢。"一群文人墨客在村里徜徉，突然传来一位书画家的声音。众人皆涌进去，果然别有洞天，破旧的四合院里，有一处青砖黑瓦，三层翘檐高高耸起，直指苍穹。用木棍搭起一个架子靠墙而立，上面摆着一个"团背"（用竹篾编成用来晒东西的工具），晒着新鲜笋丝菜，阳光下，一股清香扑鼻而来。

随意走过古村，都有惊喜的发现，檐下双层结构的牛腿，雕花门窗、断墙残垣……而令人叫绝的是古建筑的外墙。外墙的下半部分用溪石砌的，上半部分用黄土垒成，小路用鹅卵石铺就的，这些棕黄圆润的墙石十分光洁，几乎纤尘不染，与地面的卵石交相辉映，在傍晚的夕阳下，像连接成海里的波浪。走进古村的人们，忍不住拿出手中的相机，拍下这精美的瞬间。

世外桃源，连藏酋猴都来"旅游"的地方

小将镇是国家级生态乡镇，茅洋村是全国绿色小康村、全国造林绿化千佳村。

群山怀抱中的茅洋，空气清新，生态良好，也是当地森林休闲旅游的线路之一。这里的每棵树、每只动物、每条小溪，都是极具雄辩力的环保"活"材料。

还记得几年前的一个夏天，在茅洋马坑等、杜岭水库边发现了两只藏

酉猴。据现场看到的人说，那天上午，一只藏酉猴在合欢树上爬上爬下，窜来窜去，看到人们在地上放了些饼干，它又来抓饼干吃，嘴里含一块，双手各抓一块后迅疾上山，过后又下来一只小藏酉猴。

连绵群山，植被良好，山上的野果子多，是藏酉猴光顾的理由。走进大山深处，若仔细寻找，会发现野生猕猴桃、覆盆子、五味子等野果子。而藏酉猴最喜欢吃的是五味子。

藏酉猴是国家二级保护动物，喜在地面活动，在崖壁缝隙、陡崖或大树上过夜，它们以多种植物的叶、芽、果、枝及竹笋为食，兼食昆虫、蛙、鸟卵等动物性食物，有时到农作物区取食。曾广泛分布于我国中部地区，东至浙江、福建，西到四川，北达秦岭南部，南至南岭。随着各地森林生态的破坏，目前藏酉猴的生存范围已很狭窄，而在茅洋现身，引起了不小的轰动，也成为小将镇发展森林休闲特色镇的一大法宝和优势。

在古代，新昌应该是野蛮之地，最早的常住居民应该是从人台那边过来避难的僧人、政客、流浪汉……那些逃难的一定会选一个僻静的、有山有水有平地的地方来居住。茅洋依山傍水，无疑是他们的首选之地。

"先有南洲丁，后有新昌城"。据记载，最早来新昌定居的是小将南洲村丁氏始祖丁崇仁（104—174），原籍山东济阳。东汉晚期（144年）任剡县县令，三年后为避党祸隐居新昌小将南洲。后裔分居菅根、茅洋、大岭下、丁家坞等地。